Adele Stein

Landeier und andere Spezialitäten

Neue Geschichten aus der Westfälischen Provence

Für meine Mutter und meinen Vater, die zum Glück Geschichten erzählen konnten.

www.adelestein.jimdo.com

www.facebook.com/pages/Adele-Stein

Bisher bei BoD von Adele Stein erschienen:
Westfälische Provence und andere Geschichten
ISBN **9 783732246816**

INHALT

Vornewech mal eben: Westfälische Provence
– reloaded 5
far, far away 7
Kunsttherapie
oder Adele muss mehr Streifen machen 18
Zimmer mit Aussicht 38
Singendes, klingendes Krähenland 43
Leo auf der Leiter 52
Früher Vogel 58
Sex im Garten 64
Des Kornes und der Liebe Wellen 72
Feste feiern mit Hart 79
Landhiebe 85
David, Wladimir und ich 94
Landeier und andere Spezialitäten 100

*Bibliografische Information der Deutschen Nationalbibliothek:
Die Deutsche Nationalbibliothek verzeichnet diese Publikation in der Deutschen Nationalbibliografie; detaillierte bibliografische Daten sind im Internet über http://dnb.dnb.de abrufbar.*

© by Adele Stein 2014
Foto auf dem Titel: Private Aufnahme der Autorin

Herstellung und Verlag:
BoD - Books on Demand, Norderstedt
ISBN 978-3-7357-2122-8

Vornewech mal eben: Westfälische Provence - reloaded

„Oops, I did it again!"
Britney Spears

Nun gibt es also eine Fortsetzung (neudeutsche Übersetzung für den einen oder anderen jungen Menschen, der sich in dieses Buch verirrt: Ein Sequel). Es gab einfach noch die eine oder andere Geschichte aus der Provence zu erzählen... .

Ob ich „es" allerdings ohne die Leserinnen und Leser meines Erstlings so schnell wieder in einem Buch getan hätte, bezweifle ich. Denn mit diesen netten, liebevollen, ermutigenden, manchmal regelrecht überschwänglichen Reaktionen hatte ich im Leben nicht gerechnet. Niemals. Danke euch allen dafür!

Dank schulde ich erneut ganz besonders euch, liebe Nachbarn, diesmal schon im Voraus: Dafür, dass ihr eine regelrechte Quelle der Inspiration für mich gewesen seid. Aber auch für das Her- und Aushalten, denn ihr werdet auch in diesem Buch euch selbst und einige bekannte Ereignisse wiederfinden. (Über das Verhältnis von Dichtung und Wahrheit können wir gern wieder bei uns am Esstisch diskutieren. Ich besorg' auch mehr Bier als letztes Mal, versprochen... .)

Ganz besonders möchte ich meiner Schwester Mara danken, deren Liebe zu ihrer „kleinen"

Schwester so unerschütterlich ist, dass sie auch dieses Buch wieder Korrektur gelesen hat, obwohl sie die Geschichte „Kunsttherapie" da bereits kannte. Danke dir, Johan, der du mir wichtige Hinweise hinsichtlich einiger landwirtschaftlicher und technischer Details in den Geschichten gabst. Dir, Lioba, ein riesengroßes Dankeschön - für alles (du weißt schon...)!

@ Eleanor und Leonard, ihr beiden schönsten und klügsten Kinder der Welt: Ich hoffe, ihr fühlt euch in diesem Buch wieder nur im üblichen Maß von mir bloßgestellt bzw. peinlich berührt.

@ Euch alle: „To know you is to love you".

Mai 2014, irgendwo in Westfalen
Adele Stein

Far, far away

Manchmal, wenn ich abends im Bett liege und nicht einschlafen kann oder, wenn ich mich (zum Beispiel an einem der letzten warmen Herbsttage, wenn das Licht schon ganz golden ist und so viel Abschiedsstimmung in mir aufsteigt, dass es fast wehtut) am Sonntagnachmittag auf dem Balkon unseres Hauses in einem der alten, knarrenden Liegestühle ausstrecke, um ein wenig Siesta zu halten, sehe ich wie in inneren Filmen Orte vor mir, an denen ich früher gewesen bin.

Mich sehe ich dann auch wieder an diesen Orten, als seien sie Stationen oder Kapitel meines bisherigen Lebens: Ich stehe atemlos ganz oben auf der Düne von Arcachon, staunend vor dem Steinkreis von Stonehenge, ergriffen inmitten Lissabons und der kaum zu beschreibenden Melancholie dieser Stadt oder überglücklich am Ufer des Mississippi, in dem sich das Licht der untergehenden Sonne spiegelt.

Oft erinnere ich mich auch an die Geschichten, die ich auf meinen Reisen erlebt habe. Zum Beispiel an die Wanderung entlang der südfranzösischen Verdon-Schlucht, in der zunächst mein Mann und anschließend ich auf einem ungesicherten Weg in schwindelnder

Höhe eine heftige Panikattacke erlitten – seltsamerweise übrigens die erste und bislang einzige unseres Lebens. Vielleicht war es auch gar keine richtige Panikattacke, sondern eine Nachwirkung des provencalischen Rotweins vom Abend davor, der uns als notorischen Weißweintrinkern einfach nicht bekommen war. Noch heute danke ich jedenfalls dem lieben Gott dafür, dass wir *nacheinander* ausrasteten, was Schlimmeres verhinderte. So konnte erst ich Johan und wenig später er mich retten, und unseren Kindern (die bei unseren Freunden im Ferienhaus waren) blieb das Schicksal erspart, als Halb- oder gar Vollwaisen aufzuwachsen.

Hin und wieder begebe ich mich in meiner Phantasie auch zu Plätzen und Landstrichen, die ich auf jedem Fall auch noch in diesem Leben bereisen möchte. Ganz oben auf meiner Wunschliste steht eine Fahrt mit meiner Tochter entlang der Route 66 von Chicago nach Santa Monica. Natürlich in einem offenen Chevrolet und mit sehr, sehr lauter Musik von Johnny Cash, Fleetwood Mac und den Beach Boys aus dem Autoradio. Klar, ich würde auch einen Abstecher nach Pacific Palisades einplanen, um dort das Exil-Haus von Thomas Mann zu besuchen – schon allein, um nicht allzu sehr rein pro-amerikanischer Umtriebe bezichtigt zu werden.

Meine Tochter steht meinen Plänen recht aufgeschlossen gegenüber:

„Solange du alles bezahlst...", sagt sie und lacht, wie nur sie es kann.

Unser Sohn meinte irgendwann einmal, er könne es sich unter Umständen vorstellen, mich nach Nepal zu begleiten – einem weiteren Ziel auf meiner Liste noch unerledigter Reisen. Da er chronisch knapp bei Kasse ist, würden sämtliche Kosten ebenfalls an mir hängen bleiben, aber egal. Ich freue mich, dass er prinzipiell bereit wäre, mit seiner in die Jahre gekommenen (und nicht mehr ganz so mobilen) Mutter auf eine Trekking-Tour durch das Annapurnatal zu gehen. Zur Einstimmung spiele ich ihm schon mal „Kathmandu" von Cat Stevens vor, das mein Sohn umgehend der Kategorie „Hippiekitschballade" zuordnet.

„Ich weiheiß, Mama...", sagt er, als ich ihm erzählen will, wann und wo ich das Lied zum ersten Mal gehört habe.

„Du weißt gar nichts", erwidere ich etwas beleidigt.

„Aber ich ahne es. Was du mir sagen willst, fängt mit 'als wir damals...' an und ist eine weitere Variation zum Thema, wie frei, unangepasst und wild ihr, du und Papa, damals - im Gegensatz zu uns heute - gelebt habt."

„Deinen Vater kannte ich da noch gar nicht. Zu der Zeit, als ich Cat Stevens hörte und von Kathmandu träumte, war der noch Mitglied bei der Jungen Union in Aurich."

Mein Sohn pfeift anerkennend durch die Lücke in seinen oberen Schneidezähnen, die ich immer noch so niedlich an ihm finde, und sagt dann breit grinsend:

„Papa war mal bei der Jungen Union?! Das hat er uns nie erzählt. Aber alle Achtung! Das war in euren Zeiten ja echtes Revoluzzertum, oder? Hast du ihn dann zur Ökologie und zum Sozialismus bekehrt, oder was?"

Auf einmal finde ich überhaupt nichts mehr niedlich an dem frechen Bengel. Außerdem hat er Flugangst, genau wie sein Vater. Da müsste ich dann wegen ihm die Anreise vermutlich auf dem Landweg bestreiten. Na, schönen Dank auch.

„Vergiss Nepal", sage ich zu meinem Sohn.

„Klar, Maam. Ich versteh' schon, dass dir das dann doch zu anstrengend ist. Kein Problem. Weißt du, wir könnten doch gemeinsam an die Cote d'Azur.... . Wir suchen uns dort ein schönes Hotel mit Pool, und ich könnte endlich meinen Segelschein machen. Da können wir mit dem Auto hin. Das wird dann auch billiger für dich."

Ja, so ist es mit den Kindern. Und Johan, mein

Mann? Wenn es nach ihm ginge, würden wir jeden Sommer an die westfranzösische Küste reisen und gut. Da braucht er nicht zu fliegen und weiß, was ihn im Hinblick auf das Weinangebot erwartet – für ihn die wichtigsten Kriterien, wenn es um Urlaub geht. Ich ahne, dass ich mich in Bezug auf das Reisen unabhängiger machen muss. Sowieso fehlt mir derzeit noch das nötige Kleingeld für Ziele wie die USA, Nepal oder Bali (wo ich auch noch unbedingt hin will, nachdem ich „Eat, Pray, Love" gelesen habe). So bleibt es derzeit bei meinen Liegestuhlträumen von der großen weiten Welt.

Die meisten meiner Nachbarn in dem westfälischen Dorf, wo wir mittlerweile seit über achtzehn Jahren leben, sind, was das Verreisen angeht, von sich aus eher genügsam. So bekommt Ella, meine Nachbarin von schräg rechts gegenüber, laut eigener Aussage schon nach acht Tagen auf Rügen arges Heimweh. Weswegen sie weiter entfernte Reiseziele gar nicht so sehr reizen. Und für Jo, ihren Mann, berichtet sie weiter, sei es im Prinzip schon Erholung genug, auf einer Bank sitzend seinen Schafen während des Sonnenuntergangs auf der Weide zuzusehen und sich dabei ein bis zwei Flaschen Bier zu gönnen. Als ich Ella frage, warum sie dann überhaupt in den Urlaub führen, erwidert sie schlicht: „Ach weißt du, ich freu' mich dann immer wieder so auf zu Hause!"

Dabei war es ausgerechnet ihr ältester Sohn, der als einziges Nachbarskind nach der Schule für ein Jahr in die USA ging. Ella und Jo waren zwar überrascht von ihrem offensichtlich etwas aus der Art geschlagenen Jaust, trugen es aber letztendlich mit Fassung, als Andres, der sich (auf eine Anzeige im landwirtschaftlichen Wochenblatt Westfalen-Lippe hin) um ein Praktikum bei einer Farm in Illinois beworben hatte, tatsächlich den Zuschlag für die Stelle erhielt. Auf den Fotos, die er ins Internet stellte, erkannte man nur an der Architektur der Scheune und am Trecker, dass die Aufnahmen nicht in unserer westfälischen Provence, sondern gute 8000 Kilometer entfernt jenseits des Atlantiks entstanden waren. Ansonsten sah die Gegend dort der Region, in der unser Dorf liegt, beinahe täuschend ähnlich: Flach, irgendwie vollkommen unspektakulär, ansonsten Mais- und Getreidefelder soweit das Auge reicht.

Ingrid, unsere Nachbarin von schräg links gegenüber, reist im Prinzip leidenschaftlich gern. Ihr Problem hört bei Freunden und guten Nachbarn auf den Namen Hart, heißt eigentlich Reinhard und ist ihr Mann. Für dessen sorgsam gehegtes Image als eingeborenes, echtes Urgestein des Dorfes gehört es sich einfach nicht, lustvoll in die Ferne zu schweifen. Daher kann man ihn recht oft jammern hören, dass er nur seiner Frau zuliebe verreise, obwohl er selbst doch viel lieber zu Hause bleiben würde, um endlich mal seine Werkstatt aufzuräumen und seine drei Oldie-Trecker auf Vordermann zu bringen.

„Ingrid will schon wieder in Urlaub", raunt er mir mit Grabesstimme als Antwort auf meine Frage, wie es ihm denn so gehe, ins Ohr. Wir sitzen auf der Gartenbank nebeneinander und feiern mit den anderen Nachbarn zusammen Jos Geburtstag.

„Der alte Haaresel mutiert im Alter noch zum reinsten Globetrotter", fährt er in Anspielung auf den Geburtsort seiner vor Jahrzehnten zugezogenen Frau fort. Alle aus Harts Sicht vorhandenen Absonderlichkeiten Ingrids führt er umgehend auf ihre Herkunft zurück. Denn im Unterschied zu Ella, Jo, Ulla (die direkt gegenüber von uns wohnt) und ihm selbst stand Ingrids Wiege nicht in unserem Dorf, sondern in einer Bauernschaft auf der so genannten „Haar", einem Höhenzug, der sich immerhin fast zehn Kilometer entfernt südlich von uns erstreckt. Hart seufzt schwer und schüttelt den Kopf, während er mit einem Feuerzeug den

Verschluss einer Flasche Veltins-Pils aufhebelt. (Wenn unser Dorf ein Geräusch wäre, dann wäre es dieses spezifische „klock-zisch", das entsteht, wenn man auf diese Art den Kronkorken einer Bierflasche entfernt – eine Fertigkeit, über die ich auch nach achtzehn Jahren Landleben nicht verfüge. Das Geräusch weckt mittlerweile, wann immer ich es höre, starke heimatliche Gefühle in mir und das, obwohl ich selbst wirklich nur sehr selten Bier trinke.)

„Ach, ja. Wo soll's denn diesmal hingehen?", frage ich Hart. Der hüllt sich erst einmal demonstrativ in depressives Schweigen.

„Gran Canaria", sagt er nach gefühlten zehn Minuten und etlichen Schlucken aus der Bierflasche. Er spricht es etwas anders aus, nämlich so, dass es sich ein wenig wie „Chran Chanaria" anhört. Seinen Gesichtsausdruck dazu kann man eigentlich nicht adäquat wiedergeben: Mundwinkel und Stirn beschreiben eine einzigartige Gefühlsmischung aus gequält, heroisch, resigniert und belustigt - alles irgendwie gleichzeitig. So aus der Wäsche blicken kann nur Hart und sonst niemand, den ich kenne.

„Na immerhin musst du nicht wieder mit in die Dommrepp", sagt Jo, der mit uns auf der Bank sitzt.

Vor ein paar Jahren hatte Ingrid Hart so lange bearbeitet, bis dieser schließlich mit ihr in einen „all inclusive"- Urlaub in die Karibik geflogen war. Harts Beschreibung des im Hotel kredenzten Biers hatte bei den Männern im Dorf noch nicht einmal die sonst untereinander eher übliche Schadenfreude, sondern beinahe echte Empathie ausgelöst und zu Hause eine sehr ernstgemeinte Ansage an die eigenen Frauen: „*Mich* kriegst du *da* nicht hin! Niemals!"

Harts Kehle entweicht ein lautes Stöhnen, bevor er Jo entgegnet: „Hör auf! Musst du mich jetzt daran erinnern!"

Ulla hat die - wohl zutreffende - Vermutung, dass Hart (wegen des erwähnten Images) Ingrid nur vorschiebt und in Wirklichkeit sogar ganz gern verreist. Als angelernte Sozialarbeiterin mit zwanzig Jahren Berufserfahrung kenne sie die Menschen, sagt Ulla, und Hart, mit dem sie Tür an Tür aufgewachsen sei, kenne sie sogar ganz besonders gut.

Ich glaube, sie hat da ein bisschen Recht. Nur in die Dommrepp kriegen Hart wohl wirklich keine zehn Pferde mehr, auch wenn man im Dorf munkelt, dass Ingrid für ihren nächsten runden Geburtstag schon wieder entsprechende Pläne schmiedet.

Früher, wenn ich meine Fernweh-Attacken bekam, während ich zum Beispiel im Auto saß und unterwegs war, hörte ich mir oft das Lied von der Band Slade an, das ich auf einer meiner vielen Musikkassetten aufgenommen hatte:

I've seen the yellow lights go down the Missisippi
I've seen the bridges of the world
And they're for real
I've had a red light of the wrist
Without me even gettin' kissed
It still seems so unreal
I've seen the morning in the mountains of Alaska
I've seen the sunset in the east and in the west
I've sang the glory that was Rome
And passed the hound dog singer's home
It still seems for the best
And I'm far, far away
With my head up in the clouds
And I'm far, far away...

Ich sang dann laut und hingebungsvoll mit, manchmal mit Gänsehaut, Tränen in den Augen und diesem sehnsüchtigen Gefühl nach Weite, Ferne und einem anderen Leben.

Neulich war ich mal wieder auf dem Weg irgendwohin, und sie spielten zufällig dieses Lied im Radio. Mittlerweile hatte ich zwar nicht Rom und Alaska besucht, aber immerhin Graceland und wie gesagt auch den Mississippi gesehen. Schon hunderte Male hatte ich das

Stück gehört und mitgesungen, aber ich schwöre, dass ich nach den ganzen Jahren zum ersten Mal bewusst *diese* eine Textstelle im Refrain wahrnahm:

Lettin' loose around the world
But the call of home is loud
Still is loud

Und während der Leadsänger das sang und ich ehrfürchtig lauschte, meinte ich auf einmal noch etwas anderes zu hören. Ganz ehrlich, es klang wie „klock-zisch".

***

„Jaust" (Plural: Jäuster) = Junge, junger Mann
„Haaresel" - neckischer Ausdruck: Vom Höhenzug Haarstrang (kurz: „Haar") stammender bzw. dort lebender Mensch
„Dommrepp" = Dominikanische Republik

Kunsttherapie oder: Adele muss mehr Streifen machen…

Meine Schwester Mara ist Künstlerin und hat schon fast überall in der Welt ihre großformatigen, abstrakten Bilder ausgestellt. Ein paar davon hängen auch in unserem Haus, und sie sehen echt toll aus! Ich bin stolz auf Mara und manchmal auch ein bisschen neidisch. Letzteres allerdings nicht mal so sehr auf ihr gestalterisches Talent und ihren Sinn für Ästhetik. Von beiden profitiere ich schon ein Leben lang, denn: Es war sie, die mein erstes eigenes Zimmer mit Wandmalereien stylte, die später wusste, wie man den alten Esstisch, ein Erbstück aus Johans Familie, am wirkungsvollsten im neuen Esszimmer aufstellt und die auch den entscheidenden Tipp gab, das rote Sofa im Wohnzimmer mit einem braunen Barcelona-Chair zu kombinieren (was eben so edel wie ausgefallen aussieht). Ohne meine Schwester würde ich bis heute nichts von Mark Rothko wissen und bei „Bauhaus" vermutlich immer noch ausschließlich an eine Baumarktkette denken.

Es ist aber vor allem ihre Spontaneität, ihre Unbekümmerheit und ihre Konfliktbereitschaft, um die ich Mara beneide. Von allem hätte ich manchmal gern auch ein wenig mehr. Ich selbst bin ja eher der vorsichtige, zögerliche und oft auch zu nachdenkliche Typ. Oft vergesse ich nämlich, dass es meist besser für die Psyche ist, einfach mal zu handeln, ohne ständig abzuwägen, ob es nun auch wirklich zu 100% das Richtige ist und sich davon tatsächlich auch niemand auf den Schlips getreten fühlt.

Mara dagegen hatte noch nie ein Problem damit, anderen Menschen auf den Schlips zu treten. Im Gegenteil. Wenn ihr zum Beispiel jemand doof oder verlogen daher kommt, scheut sie keine Konfrontation der Welt, mit niemandem. Ihre Kinder fanden das nicht immer toll: Mein Neffe erzählte noch kürzlich auf einem Familienfest mit leicht geröteten Wangen, wie er in seiner Schulzeit einmal kurz davor stand, seine Mutter k.o. zu schlagen, um zu verhindern, dass sie öffentlich und ebenso spontan wie unbekümmert und konfliktbereit seinen Lateinlehrer zur Rede stellte, nachdem dieser sich doof *und* verlogen verhalten hatte.

Nun weiß man eigentlich, dass pubertierenden Kindern ohnehin so ziemlich alles peinlich ist, was ihre Eltern in der Öffentlichkeit von sich geben. Ich konnte daher gut verstehen, dass mein Neffe seinerzeit die zu befürchtenden Eruptionen seiner Mutter auf jeden Fall unterbinden wollte, allein um einer Blamage zu entgehen. Zwar traute er sich dann doch nicht, seine Mutter zu hauen, sondern hatte sie stattdessen nur sehr bestimmt am Arm gefasst und ihr die Worte „Mama, du lässt das, oder du hattest nie einen Sohn!" ins Ohr gezischt. Was sie aber keineswegs von ihrem Tun abgehalten hatte. Unbeeindruckt von der Tatsache, dass ihr Sohn erklärte, er habe sich damals von ihr schon irgendwie bloßgestellt gefühlt, und die Szene verfolge ihn bis heute in seinen Träumen, zuckte Mara nur mit den Schultern. Sie bereue nichts. Der Lateinlehrer habe das verdient. Man müsse manche Menschen eben einfach mal mit der Wahrheit über sich selbst konfrontieren. Basta!

Mara besucht uns oft auf dem Land. Sie selbst wohnt in der Stadt, überlegt aber seit geraumer Zeit in unsere Nähe zu ziehen, wenn sie denn das richtige Wohnobjekt findet. Als Künstlerin und zudem im Zeichen des Löwen Geborene, sucht sie allerdings etwas Lichtdurchflutetes, sehr Großzügiges und möglichst Ausgefallenes, soviel ist klar. Da in unserem Dorf und in der näheren Umgebung Schlösser, Gutshäuser und Lofts nun nicht gerade jeden Tag zu vermieten sind, wird es wohl noch eine Weile dauern, bis meine Schwester bei uns in der Börde ein neues Zuhause finden wird.

Als in der schönen Stadt S., die nur wenige

Kilometer von uns entfernt liegt, jemand den aus dem letzten Weltkrieg stammenden Bunker in der Nähe des Bahnhofs für einen symbolischen Preis erwarb, um obendrauf ein rundherum verglastes Haus zu bauen, sagte sie zu mir: „So was will ich auch!"

„Hm", sagte ich. „Wolltest du nicht weg aus der Stadt?"

„Och ja, Stimmt. Aber vielleicht kann man so was Ähnliches auch bei euch auf dem Dorf realisieren... ." Ich sah Mara förmlich an, wie 1,2,3 vor ihrem inneren Auge ein extravagantes, klassisch-modernes Haus aus dem für unsere Region typischen Grünsandstein entstand, in dem sie hoch oben über den Dächern unseres Dorfes residierte. Vermutlich hängte sie in ihrer Phantasie darin auch schon die (farblich zum Grünsandstein und zur Landschaft passenden) Bilder auf. Ich konnte mir dazu auch die Gesichter unserer Nachbarn vorstellen und ihre Kommentare angesichts klassisch-moderner Architektur und informeller Kunst. In Gedanken erschienen mir Hart und Jo auf der unvermeidlichen Einweihungsparty, um die man als „Tautrockene" bei uns auf dem Dorf auf keinen Fall herumkommt: Sie standen vor Maras Bildern, die Titel haben wie „Prämenstruelles Syndrom" oder „Der Duft der Kekse". Hart würde sich vermutlich am Kopf kratzen und so etwas bemerken wie:

„Da fehlt jetzt nur noch so was wie 'Der Geschmack von Bier morgens um zehn am Schützenfestsonntach' in deinem Öfre, Mara. Dann wärste bei uns echt komplett so was von intechriert."

Ich berichtete meinem Mann von den Hausbau-Plänen meiner Schwester. Der grinste breit.

„Joh", sagte er (denn mittlerweile gebraucht er trotz seiner norddeutschen Herkunft manche westfälische Floskeln sehr gern). „Das ist mal 'ne Idee. Zumal es hier im Dorf ja auch ganze Straßenzüge gibt, in denen sich Bunker an Bunker reiht... ."

Als ich ihn dafür in die Seite knuffte, fügte er hinzu: „Aber vielleicht hat deine Schwester auch einen der verfallenen Schoppen aus dem Oberdorf als Unterbau für ihr Haus im Kopf."

„Ach ja", sagte ich lachend. „Meine Schwester ist eben…"

„…unvergleichlich", ergänzte mein Mann und traf damit den Nagel auf den Kopf.

So kam es, dass mir die Geschichte mit dem Wandteppich wieder einfiel, die sich vor einiger Zeit ereignete. Ihr vorausgegangen war, dass wir in unserem neu eingerichteten Esszimmer auf eine Gardine verzichtet hatten, weil keine zu passen schien. Alles war optisch perfekt ohne sie. Allerdings traf das seither nicht mehr auf die Raumakustik zu. In dem Zimmer hallte es wie in einer Tiefgarage. Das nervte, fand ich, und man musste es ändern. Aber wie? Ich legte eine von den Tischdecken, die ich von meiner Mutter geerbt hatte, auf den Tisch, aber es nützte kaum etwas und sah auch noch blöd aus. Sollte ich einen anderen Teppich kaufen, einen plüschigeren? Dazu hatte ich derzeit kein Geld und eigentlich auch keine Lust, denn der vorhandene Teppich passte und war zudem unempfindlich und pflegeleicht.

Irgendwann erzählte ich Mara mein Problem mit dem Hall im Esszimmer. Wie fast immer hatte sie bereits Sekunden später eine Lösung parat.

„Lass uns ein textiles Kunst-Objekt für die Wand gestalten", sagte sie. „Das dämpft den Schall und sieht gut aus! Ausgefallen ist es auch und zudem ruck-zuck gemacht! Glaub' mir, das bringt's! Optisch und akustisch!"

Ich reagierte zunächst etwas zurückhaltend, denn ich kenne meine Schwester nun auch schon über fünfzig Jahre. Alles ist bei ihr immer einfach und geht schnell. Ich hingegen vermute meist, dass es schwieriger wird und viel langwieriger, als es zunächst scheint. Deshalb tue ich mich oft schwer damit, überhaupt etwas anzufangen.

„Ich weiß nicht...", sagte ich.

„Du wirst feststellen, das wird toll! Ich hab' das mal in einer New Yorker Galerie gesehen. Da hat der Künstler das als Interaktion zusammen mit den Besuchern der Vernissage gemacht. Das Ganze hatte dadurch auch noch eine spannende sozial-kommunikative Komponente! Ein richtig witziges event war das, und das Ergebnis sah interessant und todschick aus! Wir können übrigens nächsten Samstagnachmittag schon loslegen, da hab' ich Zeit!"

„Hm, lass' mich mal überlegen... ."

Ich wusste, wie das in ihren Ohren klang: Absolut unenthusiastisch und somit typisch für mich und meine zögerliche Art.

„Na wenn du es nicht willst, müssen wir das ja auch nicht tun..., ist schon in Ordnung", sagte Mara.

Sie klang ein ganz, ganz kleines bisschen betrübt. Sofort fühlte ich mich schlecht, weil ich fürchtete, sie enttäuscht zu haben (auch so eine Eigenschaft von mir, die ich lieber nicht hätte).

„Mara, ich will doch nur einen kurzen Moment darüber nachdenken und abwägen, ob ich das will. Auch kann ich mir noch gar nicht wirklich etwas unter so einem Objekt vorstellen. Aus Textil ist es also, und wie stellt man es her?"

„Es ist super leicht, wirklich! Und kostet praktisch next-to-nothing. Man nimmt einfach Stoffstreifen in den verschiedenen Farben, die man haben möchte, und so einen Maschendraht, den man für Kaninchenställe benutzt. Durch die Löcher knotet man die Streifen, und im Handumdrehen ist ein individuelles Stück Kunst für deine Esszimmerwand entstanden, das außerdem garantiert den ganzen Hall schluckt. Voila!"

„Hört sich gar nicht mal so schlecht an", sagte ich.

„Es ist einfach großartig!", rief Mara. „Ich kaufe den Draht, Stoffstreifen habe ich in Hülle und Fülle, und wir legen einfach los. Du wirst sehen, wir werden riesigen Spaß dabei haben!"

„Also gut", sagte ich und gab mir Mühe, meine Zweifel zu verdrängen. Schließlich wollte ich vor meiner älterem Schwester nicht als langweilige Spaßbremse dastehen. Und außerdem musste mit dem Echo in unserem Esszimmer ja auch echt etwas passieren!

„Ach, super!". Mara klatschte in die Hände wie ein kleines Kind. „Ich freu' mich da richtig drauf!"

Am folgenden Samstagnachmittag rückte sie an. Mit einer großen Rolle (dem aufgewickelten Karnickelstalldraht) und drei großen, prall gefüllten blauen Einkaufstaschen von Ikea. Zuerst schnitten wir den Draht in drei gleichlange Stücke.

„Ich hab' mir überlegt, wir machen gleich drei Objekte, sonst wirkt es irgendwie pisselig", sagte Mara.

Ich betrachtete die drei Einzelteile.

„Die sind ganz schön groß!"

„Na, die Wand in eurem Esszimmer ist ja auch nicht gerade klein", erwiderte Mara.

Ok, das stimmte natürlich.

„Und wo sind die Stoffstreifen?", fragte ich.

„Die produzieren wir jetzt gleich als erstes", antwortete meine Schwester und kippte kurzerhand den Inhalt der blauen Taschen auf unseren Wohnzimmerteppich. Es handelte sich dabei um ungefähr 15 Kilo Altkleider in allen erdenklichen Farben und unterschiedlichen Materialien. Sie lachte, als ich sie fragend ansah:

„Ähm. Hast du noch was zum Anziehen übrig behalten?"

„Klar, mehr als genug!"

„Dann ist es ja gut", sagte ich und blickte anschließend einige Zeit stumm auf den Berg aus Textilien, der direkt vor dem Sofa lag.

„Ich hab' sogar Scheren dabei!", rief Mara fröhlich in die entstandene Stille hinein. „Zur Sicherheit hab' ich drei mitgebracht, falls Johan auch mitmachen möchte!"

„Ja, wer weiß...".

Ich biss mir auf die Lippen, um nicht lauthals los zu kichern: Niemand auf der Welt würde es schaffen, dass Johan auf dem Sofa sitzen und Stoffstreifen für ein textiles Wandobjekt herstellen würde. Dachte ich... .

„Eben, man weiß ja nie. Es wäre doch schade, wenn wir ihn nicht beteiligen könnten, nur weil es an einer Schere hapert", sagte meine Schwester.

„Mara, du hast einfach an alles gedacht!"

„Nicht wahr?! So, jetzt fangen wir aber an. Ich habe vor allem grobere Stoffe ausgewählt. Die passen besser zum Land, finde ich."

Die nächsten zwei Stunden brachten wir damit zu, einen Teil der Altkleidersammlung meiner Schwester in circa 25 Zentimeter lange und circa drei Zentimeter breite Streifen zu zerschneiden und nach Farben zu sortieren.

„Uff", sagte ich schließlich. „Ich brauch' mal 'ne Pause!"

Meine Finger schmerzten, und da, wo die Griffe der nicht gerade super scharfen Schere aufgelegen hatten, mit der ich mich durch den - laut meiner Schwester country-style-gemäßen - dicken Stoff gearbeitet hatte, bildeten sich verdächtige rote Druckstellen. Das würde bald Blasen geben! Maras Hände sahen ähnlich aus.

„Vielleicht sollten wir uns jetzt etwas Abwechslung gönnen und doch schon mal mit dem Knüpfen anfangen ", sagte die.

„Gute Idee", stimmte ich zu.

Schließlich wollte ich auch mal einen Eindruck bekommen, wie das geplante Objekt denn nun aussehen würde. Wir begannen also, die Stoffstreifen als Schlaufen durch die Maschen des Drahts zu stopfen, die beiden Enden dort hindurchzuführen und festzuziehen. Nach weiteren zwei Stunden hatten wir vier Reihen geschafft und beide von der gebückten Haltung, die wir beim Knüpfen einnehmen mussten, Rückenschmerzen. Die nach Farben sortierten Häufchen mit den passend geschnittenen Streifen waren allerdings bereits bedenklich zusammengeschrumpft. Uns blieb nichts übrig, wir würden demnächst wieder neue Streifen produzieren müssen.

„Sieht doch toll aus, oder? Hab' ich zuviel versprochen?"

Immer wieder hob Mara den riesigen, unhandlichen Maschendraht hoch, damit wir das Ergebnis unserer nun ungefähr vierstündigen Arbeit ausführlich betrachten konnten.

„Echt toll", sagte ich.

In meinen Fingern hämmerte es, und in meinem Rücken spürte ich Krämpfe wie zu Zeiten meines Bandscheibenvorfalls.

„Das hört sich nicht wirklich begeistert an", meinte Mara. „Gefällt's dir nicht?"

„Doch, doch", beeilte ich mich zu sagen.

Weil ich mir während des Knüpfens beim Wenden des Drahts eine seiner abstehenden Enden ins linke Auge gepiekst hatte, sah ich meine Schwester und den Teppich etwas verschwommen vor mir. Die bereits geknüpften Reihen bildeten tatsächlich – soviel sah ich auch tränenden Auges – eine interessante Struktur, und auch die Farben, die wir verwendet hatten (hauptsächlich Türkis, Rostbraun, Grau und Dunkelrot) passten gut zusammen. Nur war es so, dass der weitaus größere Teil unseres Kunstobjekts immer noch aus nacktem Karnickeldraht bestand.

„Weinst du etwa?", fragte mich Mara.

„I wo – hab' bloß gerade einen von den losen Drähten ins Auge gekriegt."

„Ach, Gott sei Dank! Ich dachte schon... ."

Mara schaute auf ihre Armbanduhr.

„Du, ich muss jetzt auch los. Ich hab' heut' Abend noch ein Treffen mit meiner Künstler-Kooperative. Die warten schon auf mich. Du weißt doch, wir wollen unsere Ausstellung in Jorges Galerie vorbereiten!"

„Ach so", sagte ich.

„Du blickst schon wieder so sparsam. Ist doch

irgendwas?"

„Nein, Mara. Ich hab' nur grad' überlegt, ob ich bis Weihnachten hiermit fertig bin... ."

Mara lachte laut, während sie Jacke und Tasche holte: „Natürlich bist du das! Es sind schließlich noch fast drei Monate bis dahin. Also, mein Schwesterherz, mach's gut. Ich bin dann mal weg!"

Da saß ich nun allein in meinem Wohnzimmer und betrachtete das Stilleben um mich herum: Karnickeldraht, Kleiderberge, Scheren und Stoff-Flusen, überall. Sie lagen auf dem Sofa, dem hellen Teppich davor und bildeten eine Schicht auf dem Couchtisch, selbst in der Luft schienen sie zu schweben.

Ich begann die Reihen an dem Karnickeldraht zu zählen, die noch mit Stoffstreifen aufgefüllt werden mussten: 63. Dann zählte ich, wie viele Löcher es pro Reihe waren: 27. Miteinander multipliziert ergab das laut dem Taschenrechner auf meinem Handy: 1701. Das bedeutete: Ich musste noch tausendsiebenhundertundeinen Stoffstreifen schneiden und jeden davon einzeln durch die Draht-Maschen pfriemeln und verknoten.

Für die bereits fertig gestellten vier Reihen hatten wir – alles in allem – rund vier Stunden benötigt, also genau eine Stunde pro Reihe. Das hieß: Für die noch verbleibenden 63 Reihen konnte ich ungefähr ebenso viele Arbeitsstunden veranschlagen, mehr sogar, wenn ich jetzt erst einmal davon ausging, dass Mara nicht jeden Tag kommen und mir beim Streifen schneiden und Knüpfen helfen wollte.

„Uff", sagte ich und schenkte mir ein großes Glas Wein ein, das ich auf mein Wohl leerte. Dann verstaute ich das Stoffmaterial wieder in den blauen Ikea-Taschen, stellte sie dekorativ in einer Ecke des Wohnzimmers auf, drapierte die Karnickeldrahtrollen daneben und holte den Staubsauger. Gegen halb eins fiel ich todmüde ins Bett.

Ich schlief eher unruhig für meine Verhältnisse. In meinen Träumen sah ich mich umgeben von Stoffbergen in einem überdimensionalen Karnickelstall auf meinem Sofa sitzen, das allerdings nicht mehr rot war, sondern komplett bedeckt von einem Flaum bunter Flusen. Mit wirrem Haar und verzweifeltem Gesichtsausdruck schnitt ich Streifen um Streifen.

Am nächsten Morgen rief Mara an.

„Und? Bist du noch fertig geworden?", fragte sie. Nun kenne ich, wie gesagt, meine Schwester wirklich schon sehr lang. Ich wusste daher, dass sie das absolut ernst meinte.

„Fast", antwortete ich.

„Super!", sagte Mara. „Ich hätte noch mehr

Stoff, übrigens. Falls du gleich mit den anderen beiden Objekten weitermachen willst. Ich finde ja, erst bei dreien hätte man den optimalen Effekt erzielt. Optisch und akustisch."

Ich überschlug schnell im Kopf: Es waren fast 6000 Löcher und Stoffstreifen, die mich von einem „optimalen Effekt" trennten. Von wegen „ruck-zuck gemacht", dachte, aber sagte ich nicht.

„Ich glaube, ich bin froh, wenn ich dann mal eins fertig habe. Weißt du, das alles ist schon richtig viel Arbeit und dauert auch ganz schön lange. Und wie du weißt, sind Ausdauer und Geduld nicht unbedingt meine Stärken. Hinzu kommt, dass ich große Schwierigkeiten damit habe, eine Arbeit nicht fertiggestellt zu haben. Das belastet mich regelrecht!"

„Um so toller, dass du dich dann mittels dieses kreativen Prozesses genau damit auseinandersetzen kannst", kam es frohgemut vom anderen Ende. „Und bestimmt ist es auch gut für die Beweglichkeit der Finger und für die Feinmotorik allgemein!"

„Stimmt", sagte ich und betrachtete die Pflaster, die ich über die Blasen an meiner rechten Hand geklebt hatte, „insofern ist das zusätzlich auch noch die reinste Therapie, die Sache mit diesem Wandteppich. Seelisch wie körperlich."

Die nächsten Abende verliefen nach immer

demselben Muster. Kaum waren wir mit dem Essen fertig, holte ich Stoffe, Schere und den Karnickeldraht herbei und setzte geradezu manisch die Arbeit fort. Dennoch verschwanden die Löcher im Draht nur langsam, sehr langsam. Johan, mein Mann, schüttelte nur noch den Kopf. Am Tag sechs nach Maras Besuch – es war wieder Wochenende – setzte er sich neben mich auf das befluste Sofa und fragte: „Hast du vielleicht heute Abend Lust ins Kino zu gehen? Ich lade dich ein!"

Johan ist normalerweise nicht besonders unternehmungslustig. Meistens bin ich es, die eine Aktivität außerhalb des Hauses vorschlägt. Schon oft habe ich mich deswegen bei ihm beklagt: „Du könntest ruhig auch mal die Initiative ergreifen!" Eigentlich hätte ich also, beglückt über sein ungewöhnliches Engagement, freudestrahlend aufspringen, ihm um den Hals fallen und ausrufen können: „Jaaa! Sehr, sehr gern!"

Stattdessen starrte ich auf den Stoff zu meinen Füßen und sagte unwirsch: „Ins Kino? Wie stellst du dir das vor? Ich muss wieder Streifen machen! Mehr Streifen! Viele, viele Streifen!"

Zuerst lachte Johan. Dann bemerkte er, dass ich das gar nicht witzig fand.

„'schuldige", sagte er. „Ich hab' mich bloß gerade an Michel aus Lönneberga erinnert. Der musste doch immer, wenn er was ausgefressen hatte, in den Schuppen, wo er Männchen um Männchen aus Holz schnitzte."

Für einen Moment lächelte ich auch. Das Buch aus der Michel-Reihe von Astrid Lindgren, das wir früher den Kindern vorgelesen hatten, war zu und zu niedlich gewesen. Es hatte den Titel „Michel muss mehr Männchen machen". Kein Wunder, dass Johan sich durch mein Tun und das, was ich gesagt hatte, daran erinnert fühlte. Obwohl ich im Unterschied zu Michel (fand ich jedenfalls) gar nichts ausgefressen hatte.

Am Sonntagabend geschah Ungeheuerliches. Wieder saß ich vor meinem Draht und den Stoffstreifen. Genau genommen hatte ich eigentlich mit kurzen Unterbrechungen seit dem Frühstück davor gesessen und unermüdlich abwechselnd geschnitten und geknüpft. Meinen Rücken spürte ich zum Glück schon gar nicht mehr. Johan setzte sich erneut neben mich und blickte tatsächlich besorgt. So besorgt hatte er mich noch nie angeschaut, noch nicht einmal nach meinem Fahrradunfall im Jahr zuvor, als ich direkt vor seinen Augen dramatisch gestürzt und mir heftig das Knie verletzt hatte. Wäre er so gestürzt, hätte ich vermutlich einen Krankenwagen gerufen. Er hingegen hatte nur mit sehr sachlicher Miene erst mein Rad und dann meine Blessuren betrachtet und anschließend ruhig geäußert:

„Du solltest jetzt am besten sofort wieder aufs Rad steigen, und dann werden wir ganz schnell nach Hause fahren. Denn ich vermute mal, dass du dieses Knie bald nicht mehr so gut bewegen kannst." Womit er Recht behielt.

Eigentlich also ist Johan nie besorgt. Er ist auch sehr selten überhaupt nur ein bisschen empathisch. Beide Eigenschaften sind bei ihm eher rudimentär angelegt. Umso überraschter war ich also, als er mich ebenso bedauernd wie fürsorglich ansah und dann sagte:

„Kann man dir vielleicht helfen?"

So kam es, dass wir von nun an abends nach der Arbeit und dem Abendessen gemeinsam Streifen schnitten und knüpften. Reihe um Reihe wurde fertiggestellt. Johan, der Statistiken liebt, machte Hochrechnungen, wann wir es endlich geschafft haben würden. Wenn nichts dazwischen kommen würde, wäre das am kommenden Sonntag der Fall, erklärte er mir.

„Es kommt aber was dazwischen, Johan. Morgen ist mein Saunaabend mit Lioba. Da falle ich aus!"

„Ach so. Ja, dann verlängert sich das Ganze natürlich um..., lass' mich mal nachrechnen... ."

„Stopp", hörte ich mich sagen. Ich legte das Drahtgeflecht beiseite, griff zum Telefon und rief meine Freundin an.

„Lio, grüß' dich. Es tut mir leid, ich muss für morgen absagen. Ich kann nicht."

„Oh, schade", sagte Lioba. „Was ist los? Bist du krank?"

„Nicht direkt. Aber weißt du. Ich mach' gerade so 'ne Art Kunsttherapie, die mir Mara verordnet hat."

„Waas machst du? Und waas hat deine Schwester dir verordnet?"

Da erzählte ich meiner Freundin die ganze Geschichte. Ich erzählte ihr auch, dass dank Mara mein sonst so eigenbrötlerischer Mann nun schon seit Tagen mit mir zusammen das textile Objekt für unsere Esszimmerwand vollenden würde.

Lioba kriegte sich vor Lachen fast nicht mehr ein.

„Und Johan sitzt leibhaftig neben dir und macht dasselbe... . Nein, ich glaube es nicht..., deine Schwester...!", prustete sie ins Telefon.

„Ja, ich weiß. Sie ist irgendwie... ein Phänomen."

„Das ist sie", sagte Lioba, die von Beruf Psychologin ist. „Ich kenne tatsächlich niemanden sonst, der das hinkriegen würde: Kunst- und Paartherapie in einem! Und dann noch mit Beteiligung ausgerechnet *deines* Mannes und das alles, ohne überhaupt nur ein einziges Semester Psychologie studiert zu haben!"

Ja, meine Schwester Mara... . Ich glaube, die Welt wäre ein bisschen besser, wenn es öfter Menschen gäbe, die wären wie sie. Zumindest existierten mehr handgefertigte Wandteppiche aus recyceltem Material und Männer, die an einer Paartherapie teilnehmen würden, ohne es überhaupt zu merken.

***

„Die Börde" - Region in Westfalen zwischen dem Gebirgszug Haarstrang und der Lippe (eigentlich „Soester Börde")
„tautrocken" = zugezogen

Zimmer mit Aussicht

Zugegeben: Anfangs habe ich mit dem Dorf, in das meine Familie und ich unversehens und relativ ungeplant hinein gerieten, ziemlich gehadert. Während meine Freunde sich nach Studium oder Ausbildung in Metropolen wie München, Berlin, Hamburg oder Düsseldorf etablierten, fand ich mich, obendrein vorerst beruflich grandios gescheitert, in einem 700-Seelen-Kaff in Westfalen wieder. In einer Gegend, die so unspektakulär war, dass ich mir anfangs gar nicht getraute, den Menschen aus meinem früheren Leben davon zu berichten. Geschweige denn sie zu uns nach Hause einzuladen. Was sollte ich ihnen zeigen? Den Schützenplatz des Dorfes? Den Angelteich? Die beiden Kneipen?

Kurz nach unserem Einzug, an einem grauen Sonntagnachmittag Anfang März, – wir hatten gerade die am dringendsten erforderlichen Renovierungsarbeiten an unserem Haus soweit abgeschlossen – hatte ich vor dem Fenster unseres frisch tapezierten Schlafzimmers gestanden und nach draußen auf die regennasse Landstraße gestarrt: Hin und wieder fuhr ein Auto vorbei. Draußen war ansonsten kein Mensch zu sehen. Die Bäume im Garten der Nachbarn waren noch komplett kahl, und in unserem gab es erst gar keinen Baum. Der Vorbesitzer hatte uns einen riesigen, ultimativ hässlichen Holz-Schuppen Marke Eigenbau hinterlassen, der fast die gesamte Grundstücksfläche einnahm. In Richtung des Horizonts erblickte ich eine Verkehrsinsel, einen frisch umgepflügten Acker, einen tristen Himmel und sonst...: Nichts! Ich atmete schwer. Konnte man hier glücklich werden? Konnte ich es?

Ohne dass ich es bemerkt hatte, war Johan, mein Mann, in den Raum gekommen. Er stand nun hinter mir und legte mir eine Hand auf die Schulter:

„Was seufzest du so schwer, Adele?", fragte er.
Ich zuckte mit den Achseln und schluckte gegen den Kloß in meinem Hals an,
 „Ist schon gut", sagte ich leise.
 „So sieht 's aber nicht aus", erwiderte er.
 „Ach, Johan", sagte ich. „Es ist nur... . Also der Blick aus dem Fenster und die Umgebung hier, weißt du. Ich habe mich gerade gefragt, ob das jemals meine Heimat werden kann. Es wirkt so, ich weiß es gar nicht: Langweilig? Nichtssagend? Trostlos?"
 „Ach, Adele." Jetzt seufzte Johan. „Was in aller Welt hast du erwartet von dem Ausblick aus diesem Schlafzimmerfenster?"
 Etwas an seinen Worten erinnerte mich plötz-

lich. Woran nur? Ich überlegte so intensiv, dass ich für einen Moment alles andere, auch meine heranschleichenden depressiven Gedanken, vergaß.

Dann fiel es mir ein, und ich sah sie vor mir: Eine Szene aus der BBC-Comedy-Serie „Fawlty Towers", in der John Cleese Basil Fawlty, einen Hotelbesitzer in Torquay an der englischen Südküste, spielt. Gerade hat ihn eine ältere Dame auf ihr Zimmer geordert, um sich zu beschweren. Unter anderem reklamiert sie die fehlende Aussicht, und daraus entwickelt sich dann der folgende Dialog:

Dame: „I asked for a room with a view!"
Basil(zeigt ihr den Ausblick; man sieht eine recht schöne, hügelige Landschaft mit einem Streifen Meer dahinter): „This is it!"
Dame: „When I pay for a view, I expect something more interesting than that!"
Basil: „But that is Torquay, Madame!"
Dame: „That is not good enough!"
Basil: „So what did you expect to see out of a Torquay hotel bedroom? Sydney Opera House perhaps? The hanging gardens of Babylon? Herds of wildebeests sweeping majestically...?"*

Ich musste plötzlich lachen. Dieser Dialog aus der alten Serie war urkomisch. Und ich war es irgendwie auch. Was, ja was, hatte ich erwartet von der Aussicht aus einem Haus, das stand, wo es stand? Und warum erwartete ich bloß immer vom Leben etwas anderes als das, was gerade da war?

„Man stelle sich vor", sagte ich zu Johan. „Da blickst du aus deinem Schlafzimmerfenster über die bördisch-westfälische Pampa hinweg, und was steht da auf der anderen Straßenseite? Die Pyramiden!"

„Hä?" Verständlicherweise kapierte Johan jetzt gar nichts mehr. Weder meine Worte noch meinen plötzlichen Stimmungswechsel.

„Schon gut", hatte ich schnell gesagt, bevor er denken konnte, dass das mit dem Umzug doch alles zu viel für mich gewesen war und ich nun neben der physischen Erschöpfung auch noch kräftig einen an der Waffel entwickeln würde, „ich fang' dann mal an was zu kochen, bevor die Kinder quengelig werden."

***

*Dame: „Ich hatte ein Zimmer mit Ausblick bestellt!"
Basil (zeigt ihr den Ausblick, man sieht eine recht schöne, hügelige Landschaft mit einem Streifen Meer dahinter):
„Da ist er!"
Dame: „Wenn ich für eine Aussicht bezahle, erwarte ich etwas Interessanteres als das!"
Basil: „Aber das ist Torquay, Madame!"
Dame: „Das ist nicht gut genug!"
Basil: „Was in aller Welt haben Sie erwartet, wenn Sie in Torquay aus einem Hotelfenster schauen? Das Opernhaus von Sydney vielleicht? Die

hängenden Gärten von Babylon? Gnu-Herden, majestätisch umherschweifend...?" (Übersetzung A.S. mit Unterstützung von W.S. - danke!)

Singendes, klingendes Krähenland

Im vergangenen Sommer nach den großen Ferien war ich mit meiner Freundin Lioba verabredet. Wir trafen uns in der schönen Stadt S. (Lioba wohnt dort am Stadtrand) im größten, schönsten und traditionsreichsten aller westfälisch-provencalischen Biergärten. Dort, wo sich an warmen und trockenen Sommerabenden die halbe Einwohnerschaft der Börde um die Tische und Stühle unter den alten Kastanien prügelt, wollten wir uns mal wieder ausgiebig austauschen. (Lioba und mich verbindet nicht nur eine lange Zeit als Arbeitskolleginnen, sondern auch die Tatsache, dass uns die Gesprächsthemen eigentlich nie ausgehen.) Weil wir rechtzeitig einen Tisch bestellt hatten, saßen wir lauschig unter dem Dach aus grünen Blättern auf gepolsterten Korbsesseln und prosteten uns mit langstieligen Sektgläsern zu, in denen ein leckerer Prosecco rosé perlte.

„Stößchen", sagte Lioba und grinste. Ich giggelte los.

„Ja, du mich auch", erwiderte ich.

Wir hatten großen Spaß daran, andere Leute zu zitieren. „Stößchen" war ein Wort, das unsere gemeinsame Kollegin Anni aufgebracht hatte, nachdem sie vor einigen Jahren mit der

„Aida" von der Karibik nach Mallorca geschippert war. Da laut Anni außer ihr und ihrer Cousine, mit der sie eine Kabine geteilt hatte, ansonsten fast nur untereinander verbandelte Männer an Bord waren, hatte es zwar nicht den von beiden heimlich erhofften Markt für eventuelle zukünftige Lebensabschnittspartner gegeben, wohl aber ein allabendliches Halligalli an der Hotelbar. Anni hatte berichtet, sie habe noch nie im Leben mit so vielen schönen Männern so viele Nächte durchgetanzt (dass das hauptsächlich zur Musik von Andrea Berg geschah, hatte sie irgendwie ausgehalten) und noch nie so viel Sekt getrunken wie in diesem Urlaub. Seither also bereichert „Stößchen" meinen und Liobas Wortschatz, jedenfalls, wenn wir Alkohol zusammen trinken.

„Wie war's denn nun in Aix?", fragte ich Lioba, denn wir hatten uns vorgenommen, uns über unsere zurückliegenden Urlaubsreisen auszutauschen. Ich war besonders neugierig auf Liobas Bericht, denn sie war mit ihrem Mann und den beiden Söhnen zum ersten Mal in der Provence (also der richtigen französischen) gewesen und dann auch noch an fast allen Orten, die ich mit Johan, später auch mit ihm und den Kindern, abgeklappert hatte.

„Wunderschön", seufzte Lioba und lehnte sich weit in ihren Sessel zurück.

„Dieser Himmel, diese Farben! Hach, man versteht van Gogh und Cezanne und all die anderen Maler, dass sie sich diese Gegend ausgesucht haben! Die vielen schönen Orte: Aix ja sowieso, aber auch Arles, Apt und Manosque und wie sie alle heißen. Wir haben uns alles angesehen! Und dann das Essen, dieses Essen… . Allein das Gemüse und das Obst auf den Märkten… . Und dieser südfranzösische Dialekt hat ja auch wirklich seinen Charme."

Lioba schwärmte und schwärmte. Sie erzählte so hingerissen von der Schönheit der Gegend, dass auch ich wieder die Bilder unserer diversen Provence-Reisen wie Postkartenmotive vor Augen hatte: Lavendelfelder, Sonnenblumen, Weinstöcke, von Platanen gesäumte Plätze, verwinkelte Gässchen in den Städten, die Kirchen mit ihren typischen Glockentürmen, alte Männer mit Boule-Kugeln, diese herrlich schmeckenden calissons d'Aix und der köstliche, in Kastanienblätter eingewickelte, Ziegenkäse aus Banon… .

„Hach, ja… ." Das kam jetzt von mir.

„Bloß eins war schwer nervig", sagte Lioba und riss mich aus meinen schönen Erinnerungen. Was konnte sie meinen? Ach klar, die heißen Temperaturen, bestimmt meinte Lioba die. Johan und ich sind beide relativ hitzebeständig. Doch selbst wir hatten es angesichts der brüllenden provencalischen Sommerhitze oft vorgezogen, uns zumindest mittags im Inneren der Ferienhäuser aufzuhalten. Zum Glück hatten die in der Regel dicke Steinmauern gehabt und waren schön kühl.

Aber Lioba meinte zu meiner Überraschung etwas ganz anderes.

„Dieser Krawall, den die Zikaden veranstalten! Die können einem echt auf den Wecker gehen!"

„Du meinst, die Zikaden haben dich gestört?"

„Allerdings. Die waren so laut, dass mir richtig die Ohren gescheppert haben!"

Das war mir nie so gegangen. Im Gegenteil: Der Gesang der Zikaden (wobei Gesang vielleicht gar nicht das richtige Wort ist, da die Tiere ihre „Musik" laut Wikipedia mit ihrem Hintern produzieren) ist für mich Anlass zur Freude, denn er ist für mich untrennbar verbunden mit dem heiteren und leichten Lebensgefühl, das sich bei mir einstellt, sobald ich ein Land jenseits der Alpen betrete. Das charakteristische Zirpen, das sich in südlichen Landstrichen im Freien überall wie ein Klangteppich ausbreitet, finde ich angenehm, beruhigend und so typisch für mediterrane Landschaften wie Macchia, Mandelbäume und Mistral. Selbst Johan, den monotone Geräusche wie klopfende Heizungen und tickende Wecker nahezu in Rage bringen können, hat noch nie etwas gegen die Singzikaden im Urlaub einzuwenden gehabt.

„Hm", sagte ich. Ich war tatsächlich überrascht, dass die ansonsten so ausgeglichene und abgeklärte Lioba sich tatsächlich ein wenig über die kleinen Tiere aufzuregen schien.

„Na ja", lenkte die ein. „Zumindest nachts war dann Ruhe. Sobald die Temperatur unter 20 Grad fällt, stellen die Zikaden ihre Konzerte netterweise ein. Und zum Glück kühlte es in Aix nach Sonnenuntergang ziemlich schnell ab. Alles in allem waren es also tolle Ferien! Einzigartig ist sie, das muss man der Provence lassen. Absolut nachvollziehbar, dass die reichen Engländer sozusagen den kompletten Luberon aufgekauft haben. Aber ein letztes Mal zu den Zikaden: Ich finde es ziemlich bemerkenswert, wie die Franzosen diese kleinen Krachmacher ungeniert für ihr provencalisches Corporate Design nutzen. Es gibt Keramikgeschirr, Handtücher, Tischdecken und Topflappen mit Zikadenmotiv. Restaurants, Cafes und Bistros heissen „La Cigale". In der Chocolaterie habe ich Pralinen gesehen, die wie Zikaden geformt sind, und im Kaufhaus von Aix verkaufen sie dieses nervige Grundrauschen, das die Viecher produzieren, allen Ernstes auf CDs: Als Meditationsmusik!"

„Nein", lachte ich „wie schräg ist das denn?"

„Ein echt cleveres Marketing, das sie in der Provence mit den Zikaden betreiben, die ja dort ebenso unvermeidlich zu sein scheinen wie die Krähen* in unserer schönen Stadt S.", fuhr Lioba fort. „Und das ist gleichzeitig der Beweis, dass sie hier bei uns in S. zu doof sind! Die sollten einfach diese Sache mit den Krähen ähnlich gut vermarkten und in ihr Tourismus-Konzept einbeziehen. Aber was machen sie? Reden permanent von einem „Problem", einer „Plage" und so weiter. Das ist dieser typisch deutsche Pessimismus, gepaart mit Ideenlosigkeit. Das Gejammer und Gezeter über diese angebliche Krähen-Invasion und ihre ach so furchtbaren Folgen mag doch keiner mehr hören!"

Da stimmte ich Lioba im Prinzip zu. Allerdings lebten wir beide nicht im Norden von S., wo die meisten Krähen siedelten. Dort raubten die, glaubte man der Berichterstattung und den Leserbriefen in der lokalen Presse, den Bewohnern nahezu ihre komplette Lebensqualität. Keine Frage, ihr lautes „kra-kra" konnte einem auf den Geist gehen! Ich hatte das auch schon live mitbekommen. Kurz zuvor erst zum Beispiel, als ich unsere Kinder, die zu Besuch kamen, in S. am Bahnhof abgeholt hatte. Dort befindet sich nämlich eins von mehreren

Epizentren der schwarzen Vögel, die sich bevorzugt im Norden der Stadt aufhalten. Den Bahnhof lieben sie ganz besonders, weil sie hier ein überreichliches Nahrungsangebot finden. Der üppig gedeckte Tisch besteht aus Essensresten, die die Kunden der im Gebäude befindlichen Bäckerei und der nahegelegenen Filiale des Schnellrestaurants mit dem großen „M" in Mülleimern, aber auch auf den Wegen und Rasenflächen entsorgen. Ein wenig erinnert mich der Bahnhofsvorplatz von S. mit den alten Bäumen, in denen die schwarzen Saatkrähen zu hunderten sitzen, im übrigen an den Filmklassiker von Altmeister Alfred Hitchcock, der mich, als ich noch ein Kind war, ziemlich verstört hatte. Meine Oma - in der irrigen Annahme, es handele sich um einen harmlosen Tierfilm - hatte mir erlaubt, länger auf zu bleiben und „Die Vögel" anzuschauen. Derart vorbelastet fand ich es schon etwas gruselig, als ich die Szenerie in S. betrachtete, während ich rauchend vor dem Eingang des Bahnhofs stand und auf meine Kinder wartete, deren Zug etwas Verspätung hatte. Was, wenn eine der gemeinen Saatkrähen sich unvermittelt aus einem Baum auf mich herabstürzen und mir mitten ins Gesicht hacken würde?

Noch im Nachhinein lief es mir kalt den Rücken hinunter, als ich daran dachte. Zum

Glück befand sich in den Kastanien des schönsten Biergartens von S. kein einziges der Tiere, und so beruhigte ich mich rasch wieder.

„Und, Lio? Genehmigen wir uns noch ein Gläschen?"

„Klar", sagte die, und wir winkten, ungeachtet unserer bereits beträchtlich geröteten Wangen, die Kellnerin herbei, um neuen Prosecco zu bestellen. Erneut prosteten wir uns zu: „Stößchen!"

Dann ging unsere Phantasie und Kreativität mit uns durch, und wir entwarfen, beschwipst wie wir waren, eine komplett neue Marketingstrategie „rund um die Krähe" für die Stadt S. . Sie umfasste den Entwurf eines neuen Stadtlogos (das berühmte Jägerken von S. mit einer Krähe auf der Schulter), eines Plüsch-Maskottchens namens „Corvus Frugilegus" und eines schwarzen Bierdeckels in Krähenform. Auch sollte S. nicht mehr den Beinamen „die Ehrenreiche", sondern „die Krähenreiche" tragen.

Und natürlich durfte nach französischem Vorbild auch eine CD nicht fehlen. Bestimmt konnte man dank der modernen digitalen Tontechniken aus dem „Kra-Kra"-Ruf der Vögel Chill-Out-Musik vom Feinsten herstellen. Nur bei meiner Idee hinsichtlich eines passenden kulinarischen Produkts, ich schlug „Gegrillte Krähenwings auf Pumpernickel" vor, streikte

Lioba. Sie ist Vegetarierin.

***

„Calissons d'Aix" - Süßigkeit aus Mandeln und Orange, Spezialität der Stadt Aix-en-Provence
*vgl. „Krähen vertreiben mit WDR 4" in „Westfälische Provence und andere Geschichten" von Adele Stein
„Jägerken" = kleiner Jäger (Figur aus Grimmelshausens „Simplicius Simplicissimus", Wahrzeichen der Stadt S.)
„Corvus frugilegus" = lat. Name für „Saatkrähe"

Leo auf der Leiter

Als Mann bei uns auf dem Dorf ist man zum einen Mitglied im örtlichen Schützenverein. Zum anderen engagiert man sich bei der freiwilligen Feuerwehr. Cosi fan tutte - alle tun das und zwar sozusagen von Geburt an. Gut, bei den „Tautrockenen" wie wir es sind, gibt es schon mal Ausnahmen. Die werden soweit auch geduldet. Allerdings lässt man nicht so schnell locker, wenn es darum geht, zumindest die Zugezogenen, die man einigermaßen sympathisch findet, für die beiden wichtigsten dörflichen Institutionen anzuwerben.

Trotz Johans erfolgreicher Weigerung, aktiv bei beiden Vereinen mitzumischen, wurden wir gleich nach unserem Einzug zu Nutznießern des Feuerwehr-Engagements unserer Nachbarn. Unser Haus, dessen Fassade in einem für das Auge wenig erfreulichen Gelbton gehalten war, sollte einen frischen weißen Anstrich bekommen. Wir waren knapp bei Kasse. Unser Budget reichte gerade einmal für den Kauf der Farbe. Also beschloss Johan, der ebenso handwerklich geschickt wie in der Regel schwindelfrei* ist, selbst Hand anzulegen. Er hatte schon mit der Arbeit angefangen, als er feststellte, dass er selbst auf unserer großen Alu-Schiebe-Leiter nicht hoch genug hinauskam. Es musste also eine andere, längere Leiter her. Schnell kam er auf die Idee, bei Jo nachzufragen, der Brandmeister war und zudem die Schlüsselgewalt über das örtliche Spritzenhaus inne hatte. Trotz Johans Nicht-Mitgliedschaft wurden die beiden sich schnell handelseinig: Unsere Unterstützung am Bratwurstgrill beim nächsten Feuerwehrfest plus zwei Kästen Bier gegen die Ausleihe der betagten, aber funktionsfähigen roten Feuerwehrleiter. Bereits am Wochenende darauf stand sie bei uns vor der Haustür. Johan war begeistert. Es war ein Modell aus den frühen 1950er Jahren auf luftbereiften Rädern, das noch mit Muskelkraft hochgekurbelt und justiert werden musste. Sofort begann mein Mann unter Einsatz der Leiter weiter zu streichen. Auch Leonard, unser damals ungefähr vierjähriger Sohn, war sehr angetan davon, dass es rote Feuerwehrleitern nicht nur in seinen Bilderbüchern, sondern auch in echt gab. Er quengelte so lange herum, bis Johan ihn mitnahm.

Unter der Aufsicht seines Vaters durfte er dann hin und wieder vor ihm auf die Leiter klettern und einen kleinen Pinsel schwingen. Ich sah den beiden durch das weit geöffnete Küchenfenster im oberen Geschoss zu und freute mich über die gemeinsame Aktion von Vater und Sohn, die vermutlich jeden Entwicklungspsychologen beglückt hätte.

Weil Leonards „große" Schwester Eleanor den Tag bei einer Freundin aus dem Kindergarten verbrachte, beschloss ich die geschenkte kinderfreie Zeit zu nutzen und mich an die Bügelwäsche zu machen. Ich stellte mich in die Nische gegenüber vom Fenster, wo das Bügelbrett stand, und legte los. Es waren riesige Berge von Wäsche, die ich zu bewältigen hatte, und ich bedauerte es ein wenig, dass ich dabei mit dem Rücken zum Küchenfenster stehen musste und - statt in die warme Frühlingssonne zu schauen - nur die langweilige weiße Wand vor Augen hatte. Hin und wieder gönnte ich mir eine kleine Auszeit und sah dann auch wieder nach draußen, wo sich zu Vater und Sohn nun auch noch Jo und Hart gesellt hatten. Sie halfen Johan, die Leiter zu den nächsten Stellen zu verrücken, die er streichen wollte.

Um während der Pausen dazwischen nicht ganz untätig zu sein, hatten sie sich schon einmal mit einer der beiden Bierkisten befasst, die Johan vor dem Hauseingang abgestellt hatte. Ich grinste. Wie ich Jo und Hart kannte, hatten die keinerlei moralische Bedenken, die Hälfte unserer Bierspende gleich hier an Ort und Stelle zu veruntreuen. Leonard hatte offenbar genug vom Streichen gehabt, spielte aber nun friedlich im Sandkasten.

Wer weiß, wie lange das noch so bleibt, dachte ich und drehte mich wieder zu meinem Bügelbrett um. Wenn ich schnell weitermachte, würde ich vielleicht noch fertig werden, bis Leonard demnächst vehement sein Mittagessen einforderte. Also bügelte ich und bügelte. Ich kam regelrecht in einen Bügel-Flow und freute mich über jedes Teil, das ich glatt und zusammengefaltet in den Korb legen konnte.

Dann plötzlich hörte ich deutlich Leonards immer etwas heiseres Kinderstimmchen: „Mami, hallo! Maaaami!"

„Leolein, mein Schatz", sagte ich, ohne von meiner Arbeit aufzublicken, „geh' doch noch eine kleine Weile in dein Zimmer. Ich bin hier gleich fertig, und dann koch' ich uns was Schönes!"

„Guck mal, Mami. Was ich kann. Gaaanz ohne Hände. Maaami, du sollst mal guk-keeen!"

Nur noch drei kleine ungebügelte T-Shirts lagen vor mir.

„Gleich, Leonard, mein Lieber. Drei winzige Minütchen, ja?! Dann ist alles gebügelt, und die Mami hat Zeit für dich."

„Maaami! Jetzt auch nur auf eiiineeem Fuß und ooohne Hände. Ich turne gaaanz allein. Hier ooooben auf der Leiter. Schau' doch endlich mal, Mami!"

„Mann, Leo", sagte ich, „ich hab' dir doch

gerade erklärt, dass ich nur noch... ."

Ich brachte den Satz nicht zu Ende. In meinen Ohren klirrten die Worte meines Sohnes: „Hier oben", „auf der Leiter" und „auf einem Fuß und ohne Hände".

Fast wagte ich es nicht, mich umzudrehen. Mein Verstand sagte mir schließlich, es wäre besser, und so tat ich es. Mir gegenüber, also draußen auf der Leiter, die nun offensichtlich direkt unter unserem weit geöffneten Küchenfenster platziert worden war, balancierte ganz allein ein vierjähriger strohblonder Knabe, der aussah und sprach wie mein Sohn Leonard. Er selbst konnte es nicht sein. Ich hatte ihn doch gerade noch unten im Sandkasten gesehen.

„Es *ist* dein Sohn!", sagte eine Stimme und ehe mich noch fragen konnte, wo die jetzt herkam, war ich auch schon mit einem Satz beim Fenster, packte das Kind bei seinen weit nach vorn ausgestreckten Armen und riss es an mich, in die Sicherheit unserer Küche. Bei der Aktion ging ich zu Boden, und Leonard fiel auf mich.

„Aua", beschwerte er sich.

Mein Herz raste, und mir wurde ein wenig schwindelig und schlecht. Ich schloss meinen Sohn in die Arme und hätte am liebsten losgeheult.

„Uff", sagte ich stattdessen.

Dann sah ich aus dem Fenster. Johan hatte offensichtlich beschlossen, ein wenig Siesta zu machen. Er saß in angeregter Unterhaltung mit unseren beiden Nachbarn auf den Steinstufen vor unserer Haustür und trank mit ihnen ein Bier.

Ein paar Wochen später beim Feuerwehrfest erzählte ich Jo und Hart die Geschichte von Leo auf der Leiter und meiner dramatischen Rettungsaktion. Von der dadurch ausgelösten Ehekrise berichtete ich nichts.

„Hm", sagte Jo, der Brandmeister. Dann verschwand er im Spritzenhaus, kehrte aber kurz darauf wieder zurück. Er hatte ein Formular für die Aufnahme in die freiwillige Feuerwehr dabei, das er mir ohne weitere Worte in die Hand drückte.

„Was soll ich denn jetzt *damit*?"

„Deinen Sohn schon mal anmelden", antwortete Jo. „Oder willst du einer solchen Berufung etwa im Wege stehen?"

***

*Anspielung auf die Geschichte „Far, far away" in diesem Buch

Früher Vogel

Schon solange ich denken kann, habe ich ein Problem, morgens aufzubrechen. Egal, wie früh ich auch aufgestanden sein mag: Ich schaffe es einfach nicht, mich entsprechend zeitig von zu Hause loszureißen, um mich dann einfach auf den Weg zur Arbeit zu machen. Stattdessen räume ich hier noch etwas Wäsche weg, stelle dort noch eine Pflanze um oder putze schnell die gröbsten Zahnpastaflecken vom Badezimmerspiegel (letzteres gern mit dem Blusen- oder Blazerärmel, weil keine Zeit mehr ist, einen Lappen zu holen).

Jeden Morgen endet es dann – entgegen aller guten Vorsätze – so: Zehn nach acht sieht man eine Frau im besten Alter mit weißen Flecken am Ärmel hektisch auf ihr Fahrrad steigen und im Eiltempo Richtung Stadt radeln. Zwanzig Minuten später steht dieselbe Frau ziemlich außer Atem vor der Stempeluhr bei der Arbeit und schafft es gerade noch, rechtzeitig um halb neun einzuchecken.

Ich bin sicher, dass ich es mühelos schaffen würde, das Ganze noch um ein bis zwei Stunden nach hinten zu verschieben, wenn ich nicht meine Tätigkeit gemäß geltender Arbeitszeitregelung meines Dienstherrn spätestens bis halb neun aufnehmen müsste. Zu diesem

Zeitpunkt sitzt meine Kollegin Anni seit vollen zwei Stunden an ihrem Schreibtisch und vermittelt mir allmorgendlich den Eindruck, sie habe bereits auf Hochtouren gearbeitet. Sie empfängt mich mit dem selbstbewussten Blick der tüchtigen Frühaufsteherin, die seit Beginn unserer sogenannten Gleitzeit - morgens um halb sieben! - im Rahmen ihrer beruflichen Möglichkeiten einmal die Welt aus den Angeln und wieder zurück bewegt hat, und des öfteren auch mit den Worten: „Ah, Adele. Guten Morgen! Na, ausgeschlafen?"

Auf der Stelle komme ich mir faul, ja geradezu arbeitsscheu vor und eile gesenkten Hauptes an meinen Schreibtisch, mit dem Gefühl, ich müsse jetzt auf der Stelle die zwei Stunden Arbeit aufholen, die Anni mir voraus hat. Es vergeht aber in der Regel keine Viertelstunde, da schallt es laut aus dem Büro nebenan:

„So!!! *Ich* hab' schon richtig viel geschafft am heutigen Morgen. Lass' uns mal Kaffee trinken, Adele. Machst du uns einen?"

Ich unterbreche meine Arbeit nur ungern, aber schließlich, sage ich mir, ist die liebe Kollegin schon seit zwei Stunden fleißig, während ich... .

Also springe ich auf, koche einen Kaffee für Anni und einen Tee für mich und gehe mit den beiden Tassen zu ihr.

„Komm' setz' dich", sagt Anni, nachdem ich ihre Tasse abgestellt habe, und mit meiner wieder gehen will.

„Eine Minute", sage ich. „Ich hab' echt viel zu tun!"

„So, so", sagt Anni, und ich lese in ihrem Gesicht: „Wenn du nicht erst um halb neun anfangen würdest, Schlafmütze, sondern um halb sieben, hättest du das meiste schon erledigt. So wie ich."

Dann beginnt Anni zu erzählen. Und sie hat immer viel zu berichten von ihrer Großfamilie, die sehr dicht aufeinander wohnt, und in der sich alle gern einmal gegenseitig auf den Wecker fallen. Ich weiß alles von Annis Eltern, von ihren Brüdern, Schwestern, Schwägerinnen, Schwagern und sogar von deren Nachwuchs: Egal, ob es sich um schwerwiegende Krankheiten, verhängnisvolle Affären, unerquickliche Erbstreitigkeiten oder andere sehr private Vorkommnisse in der Verwandtschaft handelt, Anni nimmt mir gegenüber kein Blatt vor den Mund.

Zugegeben, ich lausche ihren Erzählungen manchmal ganz gern. Das gilt besonders, wenn nebenan in meinem Büro eher ungeliebte Arbeiten wie die leidige Dokumentation auf mich warten. Annis Familie hat außerdem das Zeug zu einer Art westfälischem Pendant der

Buddenbrooks, tragikomische Verwicklungen inklusive.

„Und? Wie geht's bei euch so?", fragt sie mich nach einer guten halben Stunde detailreichster Schilderungen, zum Beispiel der wieder ausgebrochenen Gürtelrose ihrer Schwägerin Mechthild („Eins sach' ich dir, und dazu stehe ich auch, das ist bei der alles rein züchisch!").

Während ich noch überlege, was *ich* Anni auf ihre Frage hin erzählen könnte, hat die zum Hörer ihres Telefons gegriffen, tippt eine Nummer ein und blickt geschäftig. Und was tue ich? Ich gehe dann in mein Büro zurück, mit schlechtem Gewissen, weil *ich* Anni von der Arbeit abgehalten habe.

Einer von Annis Lieblingssätzen lautet „Haben oder Nichthaben" und bezieht sich sinngemäß darauf, dass man ihrer Meinung nach auch mit dem Einsparen bzw. Einfordern kleinster Beträge zur Finanzierung der von ihr so geliebten Reisen auf den Kreuzfahrtschiffen der Welt beiträgt. Sie zögert nicht, dieser Maxime die konkrete Tat folgen zu lassen: Bei unserem Verwaltungsmitarbeiter ist sie berühmtberüchtigt, weil sie bei der Abrechnung von Dienstreisen auch Belege über Toilettennutzungsgebühren einreicht mit der Begründung, im Innendienst bzw. zu Hause hätte sie schließlich umsonst pinkeln können.

Am Nachmittag gegen halb vier setzt bei Anni rapide der Abbau ihrer körperlichen und geistigen Kräfte ein. Termine danach empfindet sie als höchste Zumutung, weswegen sie für diese Uhrzeit erst gar keine mehr vergibt. Ich bin sicher, sie würde das selbst, wenn es den Untergang des Abendlandes verhindern würde, nicht tun. Interessanterweise toleriert man selbst in der Chefetage Annis in allererster Linie auf die eigenen Bedürfnisse abgestimmtes Zeitmanagement. Wahrscheinlich weil ihr vortrefflich gelingt, es als einzig effizientes überhaupt zu verkaufen.

Nie, niemals hat Anni umgekehrt auch nur den Anflug eines schlechten Gewissens, wenn sie mir um exakt 15:29 Uhr ein fröhliches „Schönen Feierabend" zuruft, bevor sie mit schnellen Schritten gen Stempeluhr entschwindet. Und das, obwohl sie weiß, dass ich nun noch fast zwei Stunden weiterarbeiten werde. Anni hat nicht nur kein schlechtes Gewissen. Manchmal, wenn sie ihren PC aus Versehen eine Minute zu früh herunter gefahren hat, steht sie um 15:28 Uhr in meiner Bürotür, schaut mich bedauernd an und sagt so etwas wie: „Ach, du Arme *versuchst* du noch ein bisschen weiter zu arbeiten? Nachmittags geht es einem ja nicht mehr so von der Hand, oder?"

Und noch bevor ich etwas kontern kann, ist

sie auf und davon. Einmal habe ich es doch geschafft zu reagieren und gesagt: „Anni, merk' dir mal: Es gibt Lerchen *und* Nachtigallen. Und keine ist besser oder schlechter als die andere!"

Ich kam mir sehr klug vor, als ich das sagte. Anni ließ mich immerhin ausreden (was auch nicht oft der Fall ist). Dann erwiderte sie:

„Mag sein. Aber der frühe Vogel fängt den Wurm!", drehte sich auf dem Absatz um und verschwand in Richtung Ausgang.

Ich glaube ja, dass mir der liebe Gott Anni als Kollegin geschickt hat, damit ich jeden Tag aufs Neue Gelegenheit habe, von ihr zu lernen.

Ein bisschen ahne ich sogar, was das sein könnte.

***

„züchisch" - korrekt westfälische Aussprache von „psychisch"

Sex im Garten

Seit einigen Jahren schon besitzen unsere Nachbarn Ella und Jo einen hübschen schokoladenfarbenen Labradormischling, der auf den schönen Namen Pablo hört. Kürzlich erst haben sie unter Verwendung hochwertiger Materialien und mit der Unterstützung ihrer handwerklich begabten Söhne eine Art Hundehaus für ihn errichtet. Es verfügt neben einem mit Stroh und Decken ausgestatteten Schlafzimmer auch über einen großzügigen Essbereich (hier stehen Pablos Näpfe) mit angrenzendem Abstellraum für die Hundenahrung, die palettenweise vom örtlichen Raiffeisenmarkt bezogen wird. Pablos Eigenheim hat eine Stange Geld gekostet, ist aber ein echter Hingucker, weil es wie eine Miniaturausgabe des liebevoll restaurierten Wohngebäudes der Familie aussieht – mit Grünsandsteinsockel, Fachwerk und einem Dach aus roten Ziegeln.

„Sehr schön ist es geworden", sagte ich zu Ella nach der Fertigstellung. „Jetzt kann Pablo auch endlich eine Familie gründen!"
Ella grinste. Sie wusste, dass ich darauf anspielte, dass ihr Hund, obwohl er mit seinen viereinhalb Jahren schon im besten Hunde-Mannesalter war, bislang noch keine Gelegenheit hatte, sich in dieser Richtung zu betä-

tigen. Ella hielt ihn nämlich sorgfältig von den Hundedamen des Dorfes fern.

„Wenn der diesbezüglich erstmal auf den Geschmack gekommen ist, ist es aus und vorbei. Da kann ich dann nur noch dem Hund hinterher rennen, weil irgendeine der Hündinnen in der Umgebung garantiert immer läufig ist. Und auf das Theater mit deren Besitzern habe ich auch keine Lust", hatte sie mir erklärt. „Da pass' ich lieber auf, dass erst gar nix passiert!"

Pablo schien sich mit seinem enthaltsamen Leben arrangiert zu haben. Jedenfalls bis zu einem schönen Nachmittag im Wonnemonat Mai. Ich hatte mich auf einen Liegestuhl im Garten gelegt, in einem Buch gelesen und die warme Sonne genossen. Vom angrenzenden Garten hinter uns, der zu unserem jungen Nachbarn Schorsch-Jamie* und seiner Frau Laura gehört, drang fröhliches Kindergeschrei an mein Ohr. Ich erinnerte mich, dass ihre Tochter Emmylou heute ihren fünften Geburtstag feierte. Laura und Schorsch-Jamie waren vor ein paar Jahren aus einer rheinischen Großstadt in unser Dorf gezogen, und viele ihrer Freunde aus ihrer ehemaligen Heimat waren mit ihren Kindern zu Emmylous Geburtstagsparty angereist. Schon den ganzen Nachmittag herrschte nebenan ein ausgelassenes Treiben. Ich wurde ein wenig wehmütig, weil ich mich an ähnliche Feste mit unseren Kindern erinnerte, die mittlerweile längst erwachsen waren, sehr weit weg von uns lebten und ihre Geburtstage schon lange nicht mehr mit uns im heimischen Garten feierten. Ach ja, wie doch die Zeit verging... .

Ich legte das Buch beiseite und hing noch ein wenig meinen sentimentalen Erinnerungen an mein früheres Leben nach. Die immer noch lauten Kinderstimmen gerieten darüber mehr und mehr in den Hintergrund. Ich merkte, dass ich ein bisschen schläfrig wurde, angenehm schläfrig... . Je müder ich wurde, desto mehr versöhnte ich mich mit meinem Dasein ohne Verantwortung für Kinder und Kindergeburtstage. Einem Dasein, dass es mir erlaubte, jetzt und hier einfach wegzudösen. Herrlich! Ich gähnte, blinzelte noch ein wenig in die Sonne und war kurz darauf in meinem Liegestuhl eingeschlafen.

Als ich die Augen wieder aufschlug, glaubte ich erst an einen Traum. Vor mir und dem Liegestuhl stand Pablo, der mir offensichtlich einmal quer über das Gesicht geleckt und mich damit aufgeweckt hatte.

„Pablo, du Ferkel", sagte ich, wischte mir über die Wangen und starrte den Hund an, dem die rosa Zunge weit aus dem Maul hing. „Was machst du überhaupt hier?"

Normalerweise verließ Pablo den Hof nur in

menschlicher Begleitung. So war er von Ella erzogen worden. Selbst, wenn das schmiedeeiserne Tor gegenüber weit offen stand, hatte Pablo das noch nie ausgenutzt um abzuhauen.

Ich wurde erst allmählich richtig wach und versuchte zu registrieren, was hier los war: „Pablo! Was machst du hier? Wo ist Ella?"
Pablo bellte zweimal laut. Es klang aufgeregt. Er machte dabei einen Schritt zur Seite. Da sah ich sie erst: Nicht Ella, sondern Diva, die schon etwas ältere, aber immer noch sehr ansehnliche, würdevolle Golden-Retriever-Dame von Kalli und Imke, die eine Querstraße entfernt von uns wohnen.

„Diva!", sagte ich. Diva wedelte mit dem Schwanz und bellte ebenfalls. Dann machte sie kehrt, schlug einen Bogen um die große Tanne und schlüpfte zielsicher durch ein Loch im Zaun auf das Grundstück von Schorsch-Jamie und Laura, auf dem Emmylous Party immer noch in vollem Gange war. Pablo jagte ihr hinterher.

Allmählich dämmerte mir, dass die beiden Hunde offenbar gemeinsam durchgebrannt waren. Da musste ich eingreifen. Ich sprang auf und rief mehrfach nach Pablo. Normalerweise hört der Hund unserer Nachbarn, der mich oft auf meinen langen Spaziergängen durch das Feld begleitet, genauso gut auf mich wie auf seine Leute. An diesem Tag rief ich vergeblich. Pablo war nicht mehr zu sehen und machte keinerlei Anstalten zurück zu kommen. Auch Diva war irgendwo auf dem großen Grundstück nebenan verschwunden.

Ich war jetzt hellwach, lief über die Straße zu Ella und Jo, wo ich Sturm klingelte. Niemand öffnete. Gerade, als ich schon wieder gehen wollte, öffnete sich in der oberen Etage ein Fenster und Ellas Kopf schaute heraus.

„Adele?! Du? Was ist? Ich steh' grad unter der Dusche."

„Pablo", japste ich. „Er ist mit Diva unterwegs. Die beiden sind nebenan in den Garten gelaufen und hören nicht auf mich."

„Oh", sagte Ella. „Warte, ich komme gleich!"

Einige Minuten später kam sie mit nassen Haaren aus der Haustür gelaufen, schnappte sich beide Leinen von Pablo, und wir rannten auf dem schnellsten Weg zu Schorsch-Jamie und Laura.

Nie werde ich die Szene vergessen, die sich uns bot, als wir deren Grundstück erreicht hatten. Unter dem großen Magnolienbaum und den Augen von Emmylou, ihren Gästen und deren Eltern schickte sich Pablo gerade an, endlich seine Unschuld zu verlieren.

„Papa, was machen die Hunde da?", fragte ein kleiner rothaariger Junge mit einer tropfenden

Eistüte in der Hand in die entstandene Stille hinein.

„Oh Gott", rief eine Frau und hielt einem kleinen Mädchen, das vor ihr stand, die Augen zu. Das Kind wehrte sich empört: „Nein, Mama, lass' mich. Ich will das sehen!"
Jetzt erst bemerkte man die Anwesenheit von Ella und mir.

„Sind das Ihre Hunde?", fragte ein Mann mit kurzem, gegeltem Haar und modischer schwarzer Brille.

„Teils, teils", antwortete Ella.

„Dann tun Sie doch was!", sagte der Gegelte, „die Kinder sind ja schon komplett verstört! Können Sie die Hunde nicht trennen?"

„Nein", sagte Ella ruhig. „Dafür ist es zu spät. Die kriegt man nicht mehr auseinander."

„Und wenn wir zu zweit kräftig ziehen. Dann könnten wir den Rüden ja vielleicht, ähm, nun ja, aus der Hündin, ähm, entfernen...", schlug ein anderer Mann vor, der ein T-Shirt mit kurzen Ärmeln trug, das den Blick auf seine kräftigen, body-gebuildeten Arme freigab.

Ella blickte ihn an und zog dabei eine Augenbraue nach oben.

„Sie wissen 's vielleicht nicht", sagte sie, „aber so ein Rüde ist im unteren Bereich etwas anders konstruiert als Sie. Das wird nicht klappen, und die Tiere könnten dabei böse verletzt werden."

„Nein", wimmerte ein kleiner blonder Junge. Nicht ihnen wehtun, bitte! Bestimmt hören die gleich von alleine auf."

Er behielt Recht. Gerade als Laura, die Hausherrin, mit einem Eimer Wasser bewaffnet das Gelände stürmte, trennten sich die Hunde freiwillig voneinander. Beide waren etwas atemlos, wirkten aber zufrieden und entspannt. Ella streckte einen Arm vor Laura aus und bedeutete ihr, das Wasser nicht über die beiden zu schütten. Dann nahmen wir die beiden Hunde an die Leinen, wünschten der Gesellschaft noch einen lustigen Nachmittag und verließen den Ort des Geschehens.

„Meine Güte, Städter", sagte Ella und schüttelte den Kopf. Wir lieferten Diva zu Hause ab und lachten Tränen, als Ella Kalli und Imke die Geschichte erzählte.

Einige Zeit später war klar, dass Diva trotz ihres nahezu biblischen Alters noch einmal trächtig war. Kalli und Imke konnten es gar nicht fassen, aber es war so. Ella und Jo zuckten die Schultern: Passiert war passiert. Dann luden sie zum Umtrunk zu sich auf den Hof ein, um auf Pablos unverhoffte Vaterfreuden anzustoßen. Richtig schöne Welpen würde das geben, für die man auf jeden Fall problemlos Abnehmer finden würde, meinte Ella.

„Und wo findet dann die Pinkelparty statt?",
fragte Hart.
Ella verzog keine Miene, als sie antwortete:
„Bei Diva natürlich. Pablo hat kein Geld. Der hat schließlich grad' erst gebaut."

***

*eigentlich „Georg" - vgl. „Westfälische Provence und andere Geschichten"
„Pinkelparty" - auf dem Land üblicher Umtrunk, bei dem die Geburt eines Kindes gefeiert wird

Des Kornes und der Liebe Wellen

Eine der schönsten Liebeserklärungen*, die ich jemals gelesen habe, ist die des amerikanischen Autors David Sedaris an seinen Freund Hugh in der Kurzgeschichte „Immer dranbleiben". Er beschreibt darin, wie sein Lebensgefährte ihm ständig uneinholbar vorauseilt – egal, wo auf der Welt die beiden sich gerade befinden und welche Sehenswürdigkeit sie sich anschauen. Damit nicht genug: Hugh signalisiert ebenso ständig wie subtil, dass er eigentlich lieber für sich wäre und ganz andere Dinge gern täte als die, die er gerade „gemeinsam" mit David unternimmt.

Vielleicht gefällt mir die Geschichte so gut, weil Hughs Verhalten dem meines Mannes sehr ähnlich ist. Als wir vor einigen Jahren unsere damals in den USA lebende Tochter besuchten und uns zusammen mit ihr Chicago anschauten, rannte Johan mit dem Stadtplan in der Hand durch die Straßen, als sei er auf der Flucht vor Al Capone persönlich. Ich wusste genau, was in ihm vorging: Er mag keine großen Städte. Zuviel Lärm, zu viele Menschen, zuviel Hektik. Lieber wäre er als moderner Lederstrumpf durch die Wälder der Appalachen gestreift oder auf den Spuren alter Indianerstämme durch die Chesapeake Bay gepaddelt.

Der Besichtigung Chicagos hatte er nur zugestimmt, um seinen Augenstern – unsere Tochter – nicht zu verstimmen. Die lief hinter ihm - mit deutlichem Abstand. Aus Protest, denn sie befand sich inmitten eines längst überfälligen Ablösungsprozesses von ihrem Vater und fand so ziemlich alles an ihm blöd und nervig. Noch ein ganzes Stück hinter meiner Tochter ging ich. Nicht aus Trotz, sondern wegen eines schmerzenden Knies. Ich strengte mich sehr an, damit mir die beiden nicht davon liefen, so dass ich schwer außer Atem und schweißgebadet war. In dieser seltsam unverbindlichen Formation klapperten wir die wichtigsten Sehenswürdigkeiten Chicagos ab. Ein Außenstehender wäre wohl niemals auf die Idee gekommen, dass es sich bei uns dreien um *eine* Gruppe, geschweige denn um *eine Familie* handelte.

Ich staunte über die Geschäfte in der Michigan Avenue, die Aussicht vom Hancock-Tower und die großartige Architektur der Stadt und kam mir dabei sehr allein vor. Johan sah kaum einmal von seinem Stadtplan auf. Vermutlich hatte er Angst, wir könnten uns verlaufen und unser Aufenthalt könnte sich wohl möglich noch länger hinziehen als geplant. Und unsere Tochter? Ich glaube, Eleonor wäre gern noch länger in Chicago geblieben und hätte es viel ausführlicher besichtigt, aber *ohne* ihre seltsamen Eltern, die auf Frank Gehrys spektakulärer Brückenkonstruktion aus Stahl und Holz wie Fremde *hinter*einander her gingen, miserables Englisch sprachen und ihr auch sonst einfach nur peinlich waren.

So ist es mit Johan und mir eigentlich schon immer. Solange ich ihn kenne, beschwere ich mich darüber, dass er nie einfach mal neben mir gehen kann. So wie andere Paare, durchaus auch langjährige, es ganz selbstverständlich tun.

„Das liegt an dir. Du trödelst", sagt Johan dann in schöner Regelmäßigkeit.

„Das stimmt nicht", entgegne ich. „Wenn ich schneller gehe, um aufzuschließen, gehst du auch schneller. So hechle ich immer hinter dir her wie ein kleiner Hund." Seit ich die Geschichte von David Sedaris gelesen habe, fühle ich mich in meiner Wahrnehmung endlich einmal bestätigt. Dem geht es nämlich mit Hugh genauso.

Daraufhin sagt mein Mann meist: „Das ist Unsinn, Adele", um anschließend noch einen Schritt zuzulegen. Oder er geht einfach weiter, obwohl ich gerade stehen geblieben bin, um das Thema endlich mal in Ruhe mit ihm zu besprechen. Auch, wenn wir Streit haben, schafft er es immer wieder, mich einfach mir selbst zu überlassen und sich auf und davon zu machen. Er radelt dann in die Stadt und kauft Brot ein oder fängt an, den Rasen zu mähen, während ich ganz außer mir gerate vor Wut.

Einmal, auch das liegt nun schon eine ganze Weile zurück, war ich so sauer über Johans übliche Flucht vor einer meiner Meinung nach absolut notwendigen Auseinandersetzung, dass ich anfing in meinem Kopf alle möglichen Trennungsszenarien durchzuspielen. Und weil Johan in meinen Vorstellungen ja endlich mal nicht abhauen konnte, warf ich ihm dabei gleich auch noch alles an den Kopf, was ich ihm schon immer hatte sagen wollen. Dann lief ich weinend aus dem Haus und in die Felder. Ich wollte nachdenken und mir genau überlegen, wie ich meinen Mann nun verlassen würde.

Es war ein sonniger Tag Anfang Juni. Eine üppige Vegetation erfreute die Sinne, was zu meiner Stimmung natürlich überhaupt nicht recht passen wollte. In westlicher Richtung, nicht weit hinter den letzten Häusern und dem Ortsausgang, gab es eine einsame Bank. Auf die setzte ich mich.

Als ich nach einiger Zeit aufblickte, sah ich vor mir ein Gerstenfeld, durch das der Wind strich. Die frischen grünen Halme und Grannen der Gerste bewegten sich anmutig auf und ab und erinnerten mich an sanfte Meereswellen.

Hatte hier immer schon Getreide gestanden? Ach, egal. Wie schön das aussah! Fast vergaß ich, weswegen ich mich auf die Bank gesetzt hatte. Anstatt wie geplant über die Details meiner Scheidung nachzudenken, fielen mir nun ganz andere Dinge ein: Ich dachte an den Film „Der einzige Zeuge", den ich Mitte der 1980er Jahre zusammen mit Johan im Kino gesehen hatte, als wir noch sehr, sehr jung waren. Ich erinnerte mich, dass uns beide die Aufnahmen von wogenden Getreidefeldern in der Umgebung dieses Amish-Dorfes (in dem der Film spielt) fast mehr bewegt hatten als die eigentliche Filmhandlung. Dann trugen mich meine Gedanken weiter fort zu einem Theaterstück von Franz Grillparzer: „Des Meeres und der Liebe Wellen". Verlor darin Leander nicht die Orientierung und ertrank, weil Hero ihm kein Licht ans Fenster stellte? Zum Schluss hörte ich auch noch die Stimme meines einstigen Physiklehrers, was mich allerdings sehr überraschte. Ich war nie besonders gut in Physik. Zwar fand ich einige Dinge, die wir lernen sollten, durchaus interessant, aber mein Lieblingsfach war es nie gewesen. Und doch hatte ein Thema es geschafft, in meinem Gedächtnis bis zu diesem Moment, Jahrzehnte später, präsent zu bleiben, ohne dass mir das bis dahin überhaupt bewusst gewesen wäre. Mein Lehrer hatte uns damals einen Vortrag über die Beschaffenheit von Materialien im Zusammenhang mit Zerreißproben und Bruchsicherheit gehalten: „Merkt euch: Es sind hauptsächlich zwei Dinge relevant für die Haltbarkeit eines Materials. Das sind Robustheit und Flexibilität."

Ich betrachtete weiter dieses offensichtlich ebenso robuste wie flexible Getreide, wie es sich immer wieder mit dem Wind neigte und in windstillen Momenten wieder aufrichtete. Dann sah ich Johan, der den asphaltierten Feldweg entlang kam, und sich anschickte, in den Grasweg einzubiegen, wo ich auf der Bank saß. Offenbar war er von seiner Radtour in die Stadt zurück und schien mich tatsächlich zu suchen. Einen Moment lang überlegte ich zu warten, bis er näher gekommen war und dann davon zu laufen. Sollte er doch endlich mal merken, wie sich das anfühlte!

Aber dann dachte ich an David Sedaris und Hugh, an Hero und Leander und daran, dass die junge Gerste sich immer wieder aufstellte, weil sie biegsam war und nicht zimperlich. Sie ließ den Wind einfach über sich hinweg wehen. In meinem Inneren spürte ich, dass ich sehr froh darüber war, Johan zu sehen. Was nichts daran änderte, dass ich ihn zugleich wieder einmal für den mit Abstand merkwürdigsten, seltsamsten und verschrobensten Menschen hielt, der mir jemals begegnet ist.

    Ich blieb sitzen auf der Bank, und weil ich – wie Hero - kein Licht zur Hand hatte, winkte ich Johan zu, damit ich sicher sein konnte, dass er mich fand.

***

*"'Wie wütend ich auch immer auf ihn bin, es läuft stets auf das Gleiche hinaus. Ich werde ihn verlassen, und was dann? (...) Dreißig Minuten tobe ich vor Wut, und wenn ich ihn dann endlich entdecke, spüre ich noch nie über den bloßen Anblick eines Menschen so glücklich gewesen zu sein. „Da bist du ja", sage ich. Und wenn er fragt, wo ich gewesen bin, antworte ich aufrichtig und sage, ich bin verlorengegangen."
David Sedaris, Immer dranbleiben, 2008

Feste feiern mit Hart

Im dritten Fernsehprogramm des WDR läuft seit einiger Zeit die Sendung „Land und lecker". Im Mittelpunkt stehen Frauen, die auf beeindruckenden Gehöften und Landsitzen zwischen Aachen und Minden-Lübbecke leben und irgendwie besonders sind: Meist sind sie blaublütig oder erfolgreiche Bio-Bäuerinnen (manchmal auch beides zusammen), und sie entfalten sich im weiteren auf irgendeine Art auch kreativ, zum Beispiel beim Singen von Opernarien, bei der Bildhauerei oder der Gestaltung ausgefallener Objekte aus Filz. Die Frauen laden sich gegenseitig zur Besichtigung ihres perfekt gestylten Zuhauses und einer aufwändigen eigenproduzierten Verköstigung ein, die mehrere Gänge umfasst und anschließend von den Gästinnen benotet wird. Aus den Wertungen wird am Ende eine Siegerin ermittelt.

Die high-tech-Landhausküchen, in denen die Damen beim Herumwerkeln gezeigt werden, erregen zugegebenermaßen meinen Neid, ebenso wie die darin scheinbar mit leichter Hand gezauberten Gerichte auf haute-cuisine-Niveau, mit denen die Damen sich gegenseitig zu übertrumpfen gedenken. Unsere Einbauküche ist genauso so alt wie unser Sohn – Anfang zwanzig, was ich meinem Mann neulich mal vorhalten wollte. Ich hatte keine Chance.

„Ich weiß nicht, was du hast", sagte der nämlich, „Leo ist doch auch noch ganz ansehnlich... ."

Johan und ich kochen in unserer in die Jahre gekommenen Küche, was wir so neben unserer Berufstätigkeit hinbekommen. Das schmeckt eigentlich auch meistens ganz lecker, denke ich trotzig, während ich im Fernseher verfolge, wie die Gräfin von und zu Irgendwas Bindestrich Tralala mit Schürze im Laura-Ashley-Design in ihrer bulthaup-Küche am Induktionsherd steht und aus Kartoffeln (natürlich eigener Bio-Anbau) auch künstlerisch wertvolle Gebilde schnitzt, die im Backofen vollendet und zum geschmorten Wildschwein gereicht werden sollen.

Für so 'n Gedöns fehlt mir ja sowieso die Zeit und, ehrlich gesagt, auch die Geduld und die Feinmotorik. Allerdings sieht das Wildschwein der Gräfin, das sie mit Rotweinsoße, selbstgemachtem Rotkohl und den erwähnten Kartoffelkunstwerken auf riesigen rechteckigen Tellern (vermutlich Bone-China) anrichtet, aus, als würde es ganz köstlich schmecken. Mir läuft das Wasser im Mund zusammen. Der ebenfalls ganz ansehnliche Ehemann und die drei Bilderbuchkinder servieren im Speisezimmer, dessen Interieur an die Hochglanz-Abbildungen in Zeitschriften wie „Country Living" erinnert. Auch der obligatorische schwarze Labrador, der der Hausherrin ebenso brav wie dekorativ zu Füßen liegt, fehlt nicht. Zum Abschluss gibt es ein auch optisch beeindruckendes Dessert, dessen Herstellung selbst Paul Bocuse alles abverlangt hätte. Noch einmal prostet man sich mit einem guten Tropfen aus dem Weinkeller des Gatten zu, und die Gastgeberin wird abschließend mit der bislang höchsten Wertung für ihre Anstrengungen belohnt.

Für mich ist das alles eine Spur zu schön, zu perfekt. Vielleicht stelle ich mir deshalb auf einmal vor, wie es wäre, wenn das WDR-Fernsehen zur Abwechslung auch mal Leute wie zum Beispiel unseren Nachbarn Hart in die nächste Staffel von „Land & lecker" einbeziehen würde. Ich sehe Hart vor mir, wie er einige illustre Damen in seinem sommerlichen Garten empfängt. Er steht neben dem mit roten Geranien bepflanzten Beggepott und bietet als Aperitif einen guten, selbst fabrizierten Schluck aus der Flasche an, kredenzt in den schönsten Pinneken, die er in seinem Werkzeugschoppen (der gleichzeitig als Partyraum genutzt wird) finden konnte.

„Mein berühmter Aufgesetzter aus Northoffs Korn und Löwenzahnblüten! Sekt vertrach' ich persönlich ja nicht so gut, da kriech ich totales Sodbrennen von", würde er erklären und gleich nochmal nach schenken, während die Gräfinnen in der Sitzecke mit den grünen Plastikstühlen und der verwitterten Gartenbank Platz nehmen. In Ermangelung eines schwarzen Labradors liegt Dackel Heinzi zusammengerollt auf einem der Stuhlkissen und schnarcht laut. Und nachdem Hart sich in die Küche zurückgezogen hat, um das Essen zuzubereiten, berichtet Ingrid den Besucherinnen im Werkstatt-Party-Schoppen vom künstlerischen Talent ihres Mannes.

Hart verdient sich bekanntermaßen seine Brötchen als selbständiger Landmaschinenmechaniker. Aber er schweißt ebenso ambitioniert in seiner knapp bemessenen Freizeit ungewöhnliche Schrottskulpturen zusammen, die rostenderweise – Kunst ist ein Prozess! - in den nachbarlichen Gärten herumstehen, drei allein in unserem. Ich bin ein erklärter Fan von Harts Kunst, was ihn dazu bewegt hat, mir in den letzten Jahren jeweils eins seiner Objekte zum Geburtstag zu schenken. Nachdem Ingrid also ihren Mann als Künstler und einige seiner Werke vorgestellt hat, schwenkt die Kamera in die Küche und zeigt Hart beim Kochen. Er trägt Jeans, ein kariertes Hemd, seine dunkelgrünen Clogs sowie eine rote Schürze mit Rüschen, die eigentlich Ingrid gehört, und erläutert gerade die Zubereitung seines ebenso köstlichen wie (vor allem wegen seines Kaloriengehalts) berüchtigten Kartoffelsalats: „Einfach Pellemänner in Scheiben, kleingeschnittene Gewürzgurken, Zwiebeln, Fleischwurst und Mayonnaise zu gleichen Teilen in einer großen Schüssel untereinander mischen, salzen, pfeffern, fettich!"

Natürlich darf bei Harts Menü auf gar keinen Fall das dörfliche Nationalgericht, die Bratwurst, fehlen. Die wird draußen auf dem Holzkohlengrill gebrutzelt. Als begleitende Getränke gibt es zur Vorspeise (dem Kartoffelsalat) ein frisches Krombacher und zur Hauptspeise (der Bratwurst) ein nicht minder frisches Veltins Pils. Als Nachspeise reicht Hart dann Mettendchen mit Senf und dazu ein Potts Landbier. Und zum krönenden Abschluss noch mal seinen selbstgebrauten Schluck.

Und weil danach die blaublütigen Damen so blau sind, dass mit Sicherheit keine mehr in der Lage wäre, einen Stift zu halten, um die Wertung abzugeben, würde Hart seinen CD-Player mit der Musik von den Dubliners auf volle Lautstärke stellen und nacheinander zu „Whiskey in the jar" mit jedem der Mädels einzeln auf dem Tisch tanzen. Dann würden irgendwann die Nachbarn, dazu kommen, sich über die

Reste von Harts Menü (einschließlich der begleitenden Getränke) hermachen und ebenso fröhlich wie ausgelassen mitfeiern.

So würden die Leute vom WDR und die Zuschauer der Sendung mal sehen, dass es in Westfalen auf dem Dorf nicht nur „Land und lecker", sondern auch laut und verdammt lustig zugehen kann. Jedenfalls in unserem. Ich wette, es würde nicht lange dauern, und Hart hätte beim WDR seine eigene Sendung. Die würde dann „Feste feiern!" oder so ähnlich heißen und ihn auch über die Grenzen unseres Dorfes hinaus endgültig zur Legende werden lassen.

***

„Gedöns" = Aufhebens, (überflüssiges) Getue
„Beggepott" = früher zum (Ein-)Kochen benutzter Pflanzkübel, fester Bestandteil jeder westfälisch-provencalischen Gartendekoration
„Schluck" = Schnaps
„Pinneken" = Schnapsgläschen
„Pellemänner" = Pellkartoffeln

Landhiebe

Zusammen mit unseren Nachbarn Ingrid und Hart haben wir im letzten Winter einen Sonntagskochclub ins Leben gerufen. Wir treffen uns einmal im Monat am frühen Abend abwechselnd bei uns oder schräg gegenüber im Fachwerkhaus unserer Nachbarn. Die Hauptspeise bringt immer das Paar mit, das zu Besuch kommt. Das andere ist für Vorspeise und Dessert zuständig. Eigentlich war mal verabredet, dass man nichts extra einkauft, sondern etwas aus den Resten zaubert, die vom Wochenende übrig geblieben sind. Mittlerweile ist es aber so, dass wir heimlich etwas dazu kaufen, um uns vor Hart und Ingrid nicht zu blamieren. Ich wette, dass es bei den beiden ähnlich ist... .

Nach dem Essen sitzen wir noch gemütlich zusammen und lauschen Harts Geschichten, die ebenso unvergleichlich sind wie Hart selbst. Wenn unser Nachbar erzählt, verschwindet das Hier und Jetzt um einen herum, und man taucht selbstvergessen darin ein, wie Hart die Welt sieht und was er in ihr schon alles erlebt hat: Wie in allen guten Stories liegen auch in seinen Tragik und Komik oft eng beieinander, und mit dem Erhabenen und dem Lächerlichen verhält es sich ebenso.

Beim letzten Treffen saßen wir bei unseren Nachbarn in deren sogenannten „Ritterzimmer" an dem riesigen runden Holztisch. Das Feuer im Kaminofen brannte, die Holzscheite knisterten, und die Kerzen in den schmiedeeisernen Wandleuchtern spendeten ein warmes, behagliches Licht. Wir waren etwas ermattet von dem (durchaus gelungenen) kulinarischen Zusammentreffen westfälischer Hausmannskost (Hart hatte als Vorspeise das berüchtigte Möpkenbrot aufgetischt) und sauscharfem indischen Chicken-Curry (letzteres hatten wir auf Wunsch unserer Nachbarn gekocht und dazu eigens aus dem Internet bestellte Original-Gewürze eingesetzt).

„Junge, Junge", sagte Hart und tupfte sich den Schweiß aus seinem geröteten Gesicht. „Auch wenn's einem die Schädeldecke anhebt, euer Curry, schmecken tut es chrandios!" Ingrid pflichtete ihm bei.

Dann gab es erst einmal „'nen Kleinen" zum Verdauen. Hart schenkte vier Pinneken ein und reichte sie herum. Wir prosteten uns zu. Der durchsichtige Schnaps brannte in meiner Kehle fast noch mehr als zuvor die frischen Chilis im Essen. Ich musste husten.

„Gleich noch einen?", fragte Hart und hielt mir die Flasche hin. Ich winkte dankend ab: „Nee, lass mal. Der kratzt ganz schön im Hals."

„Eben", sagte Hart. „Deswegen trink' dir gleich noch einen. Ab dem zweiten lässt das deutlich nach."

„Nee, keinen mehr", beeilte ich mich zu sagen und zog, um sicher zu gehen, blitzschnell mein Pinneken weg. Harts „Aufgesetzte" haben es in sich, und ich wollte am nächsten Tag auf der Arbeit einigermaßen fit sein. Johan war nicht flott genug gewesen und starrte etwas bekümmert auf sein Glas, das bereits wieder bis zum Rand befüllt worden war.

„Jetzt sei mal kein Mädchen...", sagte Hart und nickte ihm aufmunternd zu, „Kopp in'n Nacken und wech damit!"

Johan seufzte und kippte tapfer den zweiten Schnaps in sich hinein. Dann streikte auch er. Hart räumte die Flasche schließlich weg, nachdem Ingrid ihm resolut entsprechende Zeichen gegeben hatte. Er sah dabei ein bisschen unglücklich aus.

„Hart", fragte ich, „ist was?"

„Ach", sagte Hart wehmütig. „Ich hab' mich bloß erinnert, wie wir uns früher ohne Sinn und Verstand die Kante geben konnten, als würd' s kein Morgen geben... ." Und schon waren wir mittendrin in der Geschichte:

Als junger Mann war Hart mal „ein ganz Wilder" und auf dem Dorf insgesamt „viel mehr los" gewesen. In den Zeiten, als Johan und ich in überfüllten Hörsälen saßen, in denen die politisierte studentische Szene Göttingens gerade mal wieder auf hohem theoretischen Niveau die Gewaltfrage diskutierte, fand die männliche Dorfjugend um Hart auf jene ganz praktische Antworten. In den 1980er Jahren, berichtete unser Nachbar, sei kein einziges Schützenfest vergangen ohne eine handfeste Prügelei zwischen den Jäustern vom Unterdorf (zu ihnen gehörte er) mit denen vom Oberdorf (ziemliche „Granaten", die vor noch weniger zurückschreckten als Hart und seine Truppe). So war es auch in dem Jahr, als Hart seinen Dienst bei der Bundeswehr verrichten und eine Kaserne „oben auf der Haar" bewachen musste:

„Das war vielleicht 'n scheiß Job, sach' ich euch. Bei Wind und Wetter sich da draußen tage- und nächtelang die Beine in den Bauch stehen! Und dann kommt da eines Tages noch so'n chelockter Jüngling mit 'nem bunten Topflappen auf' m Kopp und „Atomkraft - nein danke" auf sein' Bulli um die Ecke, steigt aus und sacht zu mir: 'Weißt du eigentlich, dass du hier dazu beiträgst, den US-Militarismus zu unterstützen?'"

Hart schüttelte ob der längst verjährten Begebenheit immer noch den Kopf: „So ein Idiot!"

Johan und ich tauschten etwas betretene Blicke. Waren wir selbst nicht auch in jenen bewegten Zeiten mit unseren Studienfreunden Mareike und Tom in einem VW-Bus mit Anti-Atomkraft- und diversen anderen Anti-Aufklebern nach Frankreich ans Meer gefahren? Auch Tom trug Häkelmützen á la Bob Marley (jedenfalls bis er nach zwanzig Semestern Politologie das Immobilienbüro seines Vaters in Süddeutschland übernahm).

Hart schien unsere Jugendsünden zu ahnen. „Du hast doch bestimmt damals den Kriegsdienst verweigert, so wie ihr Studenten alle?", fragte er Johan. Der beeilte sich zu sagen, dass das mitnichten der Fall gewesen war. Er sei auch bei der Bundeswehr gewesen, habe Wache schieben müssen und könne von daher gut nachempfinden, wie Hart sich vor dem Tor der Kaserne gefühlt habe. (Dass er - ganz ähnlich wie Sven Regeners Romanheld Herr Lehmann - in die Sache mit dem Wehrdienst bloß irgendwie hinein geschliddert war und sich ziemlich fehl am Platz gefühlt hatte, verschwieg Johan ebenso wie die Tatsache, dass seine Liebste – ich - lange Zeit mit diesem Teil seiner Biographie gehadert und sie den meisten ihrer Freunde verheimlicht hatte.)

„Jedenfalls", fuhr Hart vor, „der Chelockte damals oben auf der Haar, der war Student. Soh-zü-oh-loh-gie in Münster würde er studieren und den Kriegsdienst total verweigern.

Dann hat er mir des Langen und Breiten erklärt, warum. Nämlich, dass er nur für den Weltfrieden kämpfen wollte und für alle unterdrückten Völker der Welt, aber nicht für so einen Schweinestaat wie unseren. Fleisch würd' er auch keins essen. Und ich sollte mal endlich meine bequeme Haltung überdenken, mich ändern und mich nicht länger zum Handlanger von Kapitalismus, Imperialismus und weiß der Himmel was noch machen."

„Uff", sagte ich zu Hart. „Da bist du ja an den Richtigen geraten."

„Nee", sagte Hart. „*Der* ist an den Richtigen geraten! Ich hab' ihn nämlich erstens mal gefragt, wer von uns beiden denn jetzt wohl *bequem* in sein warm beheiztes Auto einsteigt und nach Hause zu Mama fährt, während sich der andere, also ich, weiter den Hintern abfriert. Und dann hab' ich ihm zweitens gesacht, dass wiederum auch *ich* es bin, der hier oben auf der Haar wahrscheinlich jede Nacht den Weltfrieden rettet. Weil *ich* die amerikanischen Jungs, die bei uns stationiert sind, bei Laune halte. Weil *ich* die nämlich immer warne, wenn ihr Officer zu ihnen unterwegs ist, damit er sie nicht beim Kiffen erwischt. 'Denk' mal darüber nach', hab' ich diesem Love & Peace-Heini gesacht, 'was passieren würde, wenn die US-Soldiers schlecht drauf kommen, weil ihnen ihr Officer das Dope konfisziert. Schließlich sind ganz in der Nähe auch atomare Gefechtsköpfe gelagert. Oder was hast du geglaubt? Deswegen steh' ich, der brave Soldat Hart, hier und tue Dienst. Und das, obwohl ich seit letzten Schützenfestsonntach wegen so 'nem brachialen Bengel aus dem Oberdorf 'ne kaputte Achillessehne und den rechten Arm in Gips habe.'"

Ingrid, die (wenn ich ihren Blick richtig interpretierte) diese Geschichte ihres Mannes mit Sicherheit nicht zum allerersten Mal gehört hatte, verdrehte ein wenig die Augen:

„Eigentlich bin ich ganz froh, dass ich dich damals noch nicht kannte, Schatzi."

Ich hingegen hätte die Szene mit Hart und dem friedensbewegten Soziologie-Studenten gern live miterlebt, und ich glaube, Johan ging es genauso. Der musste sich – das sah ich ihm an - genauso zusammen nehmen wie ich, um nicht lauthals los zu lachen und sich dabei auf die Schenkel zu klopfen. Manchmal, das wussten wir beide, findet sich Hart selbst gar nicht so komisch wie der Rest der Welt es tut. Dann kann er regelrecht ein bisschen beleidigt sein, wenn man sich seiner Meinung nach zu ausgelassen über ihn amüsiert.

„Was habt ihr eigentlich studiert?", fragte er uns schließlich nach einer ganzen Weile.

„Betriebswirtschaftslehre. Später auch noch

Geschichte", sagte Johan. „Und, um es vorweg zu nehmen, Hart: Ich habe mir nie angemaßt, die Welt retten zu wollen. Noch nicht einmal als Student! "

Ich schwieg und sah auf den Boden wie ein ertapptes Kind, was Hart nicht entging.

„So, so, Adele", sagte er und seine Mundwinkel zuckten dabei. „Du hast also auch Sohzü-oh-loh-gie studiert?"

„Im Nebenfach", sagte ich kleinlaut. „Und eine Häkelmütze hatte ich niemals."

„Aber eine lila Latzhose", sagte Johan grinsend. „Und natürlich ein farblich passendes PLO-Tuch!"

Die beiden Männer amüsierten sich nun ganz prächtig auf meine Kosten. Ich schmollte ein bisschen über ihre Nickeligkeiten.

„Nachtisch?", fragte Ingrid fröhlich in die Runde. „Es gibt noch Herrencreme, mit Liebe gemacht!"

„Mit Landliebe natürlich", sagte Hart.

Und weil ich damals im Hauptfach deutsche Sprache und Literatur studiert habe, erinnerte ich mich an ein Zitat aus Herrn von Kleists „Penthesilea"*, das ich rasch umwandelte und zum Besten gab:

„Landliebe. Landhiebe. Das reimt sich. Da kann man leicht das eine für das andere halten!"

„Junge, Junge", sagte Hart anerkennend. „Das ist mal toll! Das bau' ich nächstens mit in meine Begrüßungsrede bei den Treckerfreunden ein!"

***

„Möpkenbrot" - *sehr* spezielle westfälische Spezialität aus Schweineschwarte, Speck, Blutwurst und Getreide
„Haar" (eigtl. „Haarstrang") - Gebirgszug südlich der schönen Stadt S.
„Nickeligkeiten" = kleine Gemeinheiten
* „So war es ein Versehen. Küsse, Bisse,
Das reimt sich, und wer recht von Herzen liebt,
Kann schon das Eine für das Andre greifen."

Wladimir, David und ich

Ich war gerade dabei, eine Menge Wäsche in den Trockner zu befördern, als das Telefon klingelte. „Sind Sie es, Frau Stein, Frau Adele Stein?", fragte eine weibliche Stimme, nachdem ich mich gemeldet hatte. „Herrgott ja, natürlich bin ich es", antwortete ich ungehalten, denn ich vermutete, dass es sich um einen jener nervigen Anrufe handelte, die einzig einem Zweck dienen: Mir irgendeinen Mist andrehen zu wollen, den ich in meinem ganzen Leben nicht brauchen würde. Doch weit gefehlt! Gerade wollte ich auflegen, da erklärte mir die Dame in mein Ohr hinein, sie sei Redakteurin beim Fernsehsender Arte. Man habe vor, für die Reihe „Wahlheimaten" eine Sendung über mich und mein Dorf zu produzieren und wolle dafür gleich am nächsten Wochenende mit einem Filmteam bei uns 'reinschauen.

Ich war ehrlich gesagt nicht besonders begeistert. „Nächstes Wochenende", sagte ich, „hatte ich eigentlich vor, niemanden zu sehen außer meinen Mann und vielleicht gerade noch mich selbst beim Zähneputzen im Badezimmerspiegel." In den letzten Wochen waren nacheinander unser Sohn, unsere Tochter, alte Freunde aus unserer Studienzeit und Johans jüngerer Bruder mit Frau und zwei fidelen

Kleinkindern zu Besuch gewesen. Ich sehnte mich nach Alleinsein, Ruhe und meinem roten Sofa, auf dem ich herumliegen und mich einfach nur entspannen wollte.

„Könnten wir uns nicht übernächstes Wochenende treffen? Oder das danach?", fragte ich. „Da würden Sie mich erholter und in deutlich besserer Stimmung antreffen."

„Nein, leider nein, Frau Stein", sagte die weibliche Stimme am Telefon und klang dabei etwas spitz. „Diese Option kann ich Ihnen nicht anbieten. Da sind wir für die Sendung schon in Berlin, am Prenzlauer Berg, um den Beitrag mit Herrn Kaminer zu drehen. Und an dem darauf folgenden Freitag reisen wir dann in die Normandie, zu Herrn Sedaris.

Ich schnappte hörbar nach Luft. „Meinen Sie etwa *Wladimir* Kaminer und *David* Sedaris?"

„Allerdings", kam es vom anderen Ende. „Die beiden Herren haben im Übrigen recht spontan zugesagt. Wir haben nur ein sehr enges Zeitfenster für die Dreharbeiten der Beiträge zu „Wahlheimaten", Frau Stein. Wenn Sie nächsten Samstag nicht zur Verfügung stehen, dann werden wir uns nach einer Alternative umschauen."

„Also, wenn..., wenn das so ist...", stammelte ich schnell.

„Wunderbar", säuselte die Frau. „Wir sind

dann Samstag gegen Mittag bei Ihnen!" Dann legte sie einfach auf.

Ich musste mich erst einmal setzen. Bedeutete das jetzt, was es bedeutete? Arte, *der* Kultursender, würde einen Beitrag senden über zwei bedeutende Gegenwartsautoren (deren Bücher bei mir auf dem Nachttisch lagen und die ich als begnadete Geschichtenerzähler und Alltagsphilosophen liebte, ja geradezu verehrte) und über *mich*. Genaugenommen sollte mein Film ja sogar *vor* denen mit meinen beiden literarischen Idolen gedreht werden, was allerdings einzig und allein logistische Gründe haben konnte. Gemessen an deren Bekanntheit und Auflagenzahlen war ich ein überaus winziges Lichtlein am Autorenhorizont. Und wie erst würde mein Dorf im Vergleich mit Berlin und der Normandie abschneiden? Noch dazu unser Haus, wenn man dagegen die Wohnsitze von Kaminer und Sedaris sah? Residierte ersterer nicht in einer großzügigen Wohnung direkt am Mauerpark? Ich glaubte das mal in einer Homestory über ihn und seine Familie gelesen zu haben. Ganz zu schweigen von diesen hübschen normannischen Landhäusern mit den üppigen Hortensienbüschen davor. Ich war ziemlich sicher, dass David Sedaris zusammen mit seinem Künstlerfreund in genau so einem hübsch gestylten *maison rurale* leben würde.

Über unser Haus gibt es bekanntermaßen nicht viel zu sagen: Es ist weiß, zweigeschossig und einfach ein Haus, das zudem noch an der vielbefahrenen Hauptstraße des Dorfes steht. Innen drin hatten wir und die Gäste der letzten Wochen etliche Gebrauchsspuren hinterlassen. Die wären eigentlich längst von unserem guten Haushaltsgeist, Frau Weiss-Giesel, beseitigt worden, hätte die sich nicht einen komplizierten Bruch am Knöchel zugezogen, der sie auch noch in den nächsten Wochen außer Gefecht setzte.

„Mist", sagte ich und wünschte mir, ich könnte ein kleines bisschen mehr sein wie mein Mann Johan. Selbst wenn dem der Besuch des amerikanischen Präsidenten angekündigt worden wäre, hätte ihn das allenfalls unwesentlich aus der Ruhe und schon gar nicht zum Putzen und Aufräumen gebracht. Aber so gelassen wie Johan war ich nun mal definitiv in dieser Hinsicht nicht und würde es auch innerhalb der nächsten drei Tage kaum werden. Also überlegte ich, mir von der Arbeit frei zu nehmen, um mein Umfeld zumindest einigermaßen telegen umzugestalten. Doch war das überhaupt machbar? Vielleicht sollte ich besser gleich unsere Nachbarn Schorsch-Jamie und Laura fragen, ob sie mir ihr Haus für die Filmaufnahmen „leihen" würden? (Laura ist Innenarchitektin und hat sich bei der Restaurierung und Einrichtung des alten, einst halb verfallenen Bauernhofs so richtig ins Zeug gelegt.)

Während ich darüber nachdachte, ob ich gleich nebenan anrufen und schon mal diesbezüglich vorstellig werden sollte, kam mir schon die nächste Frage in den Sinn: Was in aller Welt zeigte ich den Arte-Leuten denn von meiner Wahlheimat, diesem 700-Seelen-Dorf irgendwo in Westfalen? Sogleich begann in meinem Kopf eine Art virtueller Rundgang stattzufinden: Schützenplatz, Kneipe Nr. 1, Angelteich, Kirche, Friedhof, Kneipe Nr. 2, die Dorfstraße, an der wir wohnten... und dann? Vor meinem geistigen Auge sah ich die gerümpften Nasen der Filmcrew und hörte, wie hinter meinem Rücken getuschelt wurde: Wie konnte man bloß *das* hier *freiwillig* zu seiner *Wahl*heimat machen? Was sollte man denn hier in dieser kulturellen Diaspora überhaupt filmen? Und wer hatte überhaupt die Schnapsidee gehabt, über so eine unbedeutende Autorin eine Sendung zu produzieren? Ich hieß nacheinander alle meine obligatorischen Minderwertigkeitskomplexe willkommen und seufzte anschließend. Selbst wenn es mir gelingen würde, diese rechtzeitig aus mir zu vertreiben (was eher unwahrscheinlich war): Würde ich es in dem Film schaffen, meine Sicht auf dieses kleine, unbedeutende Dorf und meine tief empfundene Liebe zu ihm dem Zuschauer auch nur annähernd nahe zu bringen? Oder würde man am Ende nur furchtbar arrogant, vielleicht sogar geringschätzig und gemein über mein Autorenleben in der westfälischen Provence urteilen? Auf einmal fühlte ich, wie Tränen in mir aufstiegen. Wenn doch alles bloß schon vorbei wäre, dachte ich.

In diesem Moment klingelte der Wecker. Ich schlug die Augen auf und registrierte, dass es nur in meinem Traum einen Anruf von Arte gegeben hatte. Es würde keine Sendung über mich geben. Keinen Besuch irgendwelcher Filmteams im Haus und im Dorf am Samstag. Keine plötzliche Popularität. Ich war immer noch eine ziemlich unbekannte Schriftstellerin aus der Provinz, die weit, weit entfernt davon war, Angebote von irgendeinem Fernsehsender zu erhalten. Einen Moment lang glaubte ich so etwas wie Bitterkeit und Enttäuschung zu spüren. Doch dann, auf einmal, begann ich mich zu entspannen: Ein langes, herrlich freies Wochenende lag vor mir. Ich würde morgens lange im Bett liegen bleiben und die neuen Geschichten von Wladimir und David lesen.

***

Landeier und andere Spezialitäten

> „Country roads, take me home
> to the place I belong"
> John Denver

In den allerersten Jahren meines Landlebens hatte ich wenig Gelegenheit, über mich und selbiges nachzudenken. Ich musste beruflich ganz neu anfangen. Es gab Schulden, Altlasten einer geschäftlichen Pleite, die bezahlt werden mussten und immer wieder neue Dinge in Haus und Garten zu tun. Es gab auch zwei ebenso geliebte wie temperamentvolle Kinder, die ihre Eltern beinahe täglich neu herauszufordern wussten und für die wir da sein wollten, wann immer es uns möglich war. Alles in allem blieb da kaum Zeit für so etwas wie Selbstreflexion.

Nach meiner legendären ersten Begegnung mit unserem Nachbarn Hart (eigentlich Reinhard) an unserem Gartenzaun* begannen zum Glück die nettesten und besten nachbarschaftlichen Beziehungen, die ich jemals erlebt hatte. Schon bald wollte ich Hart und seine Frau Ingrid von schräg links, Ella und Jo von schräg rechts gegenüber und Jos Schwester Ulla, die mit ihrer Mutter Liesel vis-a-vis wohnt, überhaupt nicht mehr missen. Unsere neuen Nachbarn entpuppten sich als lebenskluge, hilfsbereite und unkomplizierte Menschen, auf die man sich in jeder Lebenslage absolut verlassen kann – in guten wie in schlechten Tagen. Dank ihnen fremdelte ich schnell sehr viel weniger mit meinem neuen westfälischen Zuhause.

Ich konnte mir selbst erst nicht so recht eingestehen, dass ich anfing, mich im Dorf zunehmend wohl zu fühlen. Den alten Freunden, die uns nach und nach dann doch einmal auf dem Land besuchten, versicherte ich immer noch, *irgendwann* das alles wieder aufgeben und in die Stadt ziehen zu wollen, wenn sich denn *irgendwo* eine Gelegenheit dazu ergab. Das glaubte ich, meinem Image schuldig zu sein.

Dann hatte ich dieses Erlebnis, an das ich mich bis heute sehr gut erinnere, obwohl es nun auch schon wieder viele, viele Jahre her ist: Es war auf der Heimkehr von einer Tagung in Berlin. Die ganze Rückfahrt über war ich sehr nachdenklich gewesen. Ich hatte bei der Veranstaltung einen ehemaligen Kollegen, der vor einiger Zeit in Berlin eine leitende Position übernommen hatte, wiedergetroffen. Jost hatte mich gefragt, ob ich mir nicht vorstellen könnte, bei ihm zu arbeiten und ein prestigeträchtiges Projekt zu managen. Die Aufgabe würde mich vor Herausforderungen stellen, denen ich mich durchaus gewachsen fühlte. Reizvoll war, dass ich sehr selbstständig agieren würde und dabei beruflich genau das tun könnte, wonach ich mich lange schon gesehnt hatte. Obendrein würde ich richtig gut verdienen. Und das auch noch in Berlin, wo ich doch immer hatte leben wollen! Viel lieber hatte ich dort leben wollen als in einem Dorf im westfälischen Nirgendwo, in dem es nicht einmal die allerkleinste Sehenswürdigkeit gab. Nein, das Dorf und seine Umgebung machten rein gar nichts her, fand ich. Nichts gab es dort, mit dem ich meine Freunde von früher beeindrucken konnte, die in ihren angesagten Großstädten ein viel interessanteres Leben führten als ich. Wenn ich aber in Berlin lebte und diesen neuen Job hätte, könnte ich endlich mit ihnen mithalten. Das alles war zu schön, um wahr zu sein!

Nach dem dritten Glas Wein in einer schicken verglasten Bar hoch über den Dächern von Berlin hatte ich Jost sozusagen eine Zusage gegeben. Er bat mich jedenfalls, ihn sofort am kommenden Montag anzurufen, um noch ein paar Einzelheiten bezüglich des Arbeitsvertrags zu besprechen, den er aufsetzen wollte.

Ob Johan und die Kinder oder auch meine Mutter mit nach Berlin gehen wollten, daran hatte ich an jenem Abend allenfalls einen kurzen Gedanken verschwendet. Wenn nicht, würden sie eben in der westfälischen Provence wohnen bleiben. Bitteschön. Wir würden uns dann halt nur am Wochenende sehen, dafür aber viel quality family time oder wie das hieß miteinander verbringen. So klein waren die Kinder auch nicht mehr, dass sie ihre Mutter täglich brauchten. Johan würde vermutlich sogar beglückt sein, weil er dann in der Woche endlich alle Western und Fußballspiele der Welt im TV schauen konnte, ohne dass ich gelangweilt neben ihm auf dem Sofa hockte und ihn mit dummen Kommentaren nervte. Und selbst, wenn er es nicht war: Ich musste jetzt an mich denken!

In einer Art innerem Film sah ich an jenem Abend in der Schicki-Micki-Bar schon vor mir, wie ich den Vertrag unterschreiben, danach ein flottes kleines Appartment in Berlin-Mitte mieten und mir gleich auch noch am Ku'damm Klamotten aus der Business-Kollektion von Donna Karan kaufen würde.

Am Nachmittag darauf, vor der Abfahrt des Zuges, der mich nach Hause zurückbringen sollte, war ich schon nicht mehr ganz so euphorisch gewesen. Auf dem Bahnsteig am Berliner Zoo störten mich der Lärm und die ganze Hektik um mich herum auf einmal. Seltsam. Das hatte ich bislang doch noch nie so empfunden... . Belebend, quirlig, pulsierend - das waren die Vokabeln gewesen, derer ich mich sonst bedient hatte, wenn ich Berlin besucht und den Daheimgebliebenen meine Eindrücke wiedergab. An diesem Tag war ich auf einmal nur froh, als der ICE einfuhr, ich einsteigen und den Trubel der Stadt hinter mir lassen konnte. Lange grübelte ich also, warum das jetzt so war. Dann, es war kurz hinter Bielefeld, vergaß ich daran zu denken und nahm hauptsächlich mein Herz wahr. Es hüpfte vor Freude. Allerdings nicht, weil ich mich weiterhin über Josts Jobangebot freute.

Es war vielmehr die Aussicht auf ein Wochenende mit der Familie in unserem Garten, in dem es jetzt im Frühsommer geradezu üppig grünte und blühte, die mich glücklich machte. Denn längst hatte Johan den hässlichen alten Holzschuppen abgerissen, der anfangs fast unser komplettes Grundstück eingenommen und verschandelt hatte. Zusammen mit meiner Mutter hatte er es in den vergangenen Jahren Stück für Stück in eine grüne Oase verwandelt. Ich erinnerte mich, wie die beiden geradezu um die Wette Bäume, Sträucher und Stauden gepflanzt hatten und darüber manchmal regelrecht zu Kontrahenten geworden waren:

„Wenn es nach deinem Mann ginge", hatte meine Mutter zu mir gesagt, hätten wir bald nur noch Mammutbäume in diesem Garten, und meine lieben Blumen hätten überhaupt kein Licht mehr."

Dann griff sie zu ihrer Gartenschere und schnippelte gnadenlos an Johans Projekten herum. Johan, der großzügig Bäume aller Art angepflanzt hatte, betrachtete kurz darauf kopfschüttelnd seine von ihr zurecht gestutzten Birken, Buchen, Eichen und Kastanien.

„Deine Mutter", beschwerte er sich bei mir, „die macht im Garten einfach alles kurz und klein. Ich glaube beinahe, sie möchte verhindern, dass diese Bäume ihren Phlox überragen. Irgendwann versteck' ich ihr die Gartenschere!"

Daran dachte ich also, bis wir Hamm erreichten. Dort musste ich den ICE verlassen und in die Regionalbahn umsteigen, die in unserem Nachbardorf, kaum zwei Kilometer von unserem Haus entfernt, hält. Gerade noch rechtzeitig fiel mir ein, dass ich Johan noch gar nicht mitgeteilt hatte, wann er mich dort abholen sollte. Ich holte mein Handy aus der Tasche und wählte unsere Nummer. Fehlanzeige. Niemand hob ab. Nun hätte eigentlich jede Frau (jedenfalls in einem halbwegs industrialisierten Land der Erde Anfang des neuen Jahrtausends) die Option gehabt, ihren Mann als nächstes auf seinem Handy anzurufen. Leider hatte ich die nicht. Johan weigerte sich damals (und heute übrigens auch noch) standhaft, sich ein mobiles Telefon zuzulegen. Ich rief daher meine Mutter an. Auch die ging nicht an den Apparat. Ich überlegte, ob ich mir Sorgen machen sollte. Dann fiel mir ein, dass es Freitagabend war, sie vermutlich ihre Lieblingssendung im TV verfolgte und das Klingeln des Telefons keine Chance gegen die Lautstärke hatte, mit der sie üblicherweise ihr Fernsehgerät einstellte.

Mittlerweile hatte ich den winzigen Bahnhof in unserem Nachbardorf erreicht. Niemand außer mir stieg dort am Freitagabend aus. Und niemand war gekommen, um mich abzuholen. Noch einmal versuchte ich, zu Hause jemanden zu erreichen. Vergeblich. Ich überlegte kurz, die Nachbarn anzurufen, verwarf den Gedanken aber schnell wieder. Es war ein herrlich milder, heller Juniabend. Der Weg in unser Dorf war nicht weit. Mein Koffer hatte Rollen, und eigentlich war es doch ganz angenehm, sich nach der langen Zugfahrt ein wenig zu bewegen. Kurzentschlossen trat ich den Weg zu Fuß an.

Die Luft war sanft, und ich konnte weit blicken über die Börde hinweg bis zu den Hügeln des Haarstrangs. Die Gerste war schon „im Schott", wie meine Nachbarn gesagt hätten, und das satte Grün ihrer Halme und Grannen schimmerte und erfreute mein Auge selbst noch in der allmählich einsetzenden Dämmerung.

Ich atmete tief ein. Ach, war das alles schön anzusehen. Ich vergaß glatt, mich weiter zu fragen, warum bei uns zu Hause niemand das Telefon hörte. Fast andächtig lief ich weiter die Straße entlang. Diese Ruhe! Kein Mensch, und kein Auto war unterwegs, und ich registrierte, wie gut sich Stille in den Ohren anfühlen konnte. Bald sah ich die ersten Häuser meines Dorfes: Die rot und gelb gestrichenen Doppelhaushälften auf der linken Seite und gegenüber den großen Hof aus rotem Backstein. Er gehörte Bauer Lensing, der mal unseren (nach einem Streit mit seinen Eltern) entlaufenen, damals fünfjährigen Sohn aufgesammelt und in seiner großen Küche mit frischer warmer Milch verköstigt hatte, bis wir gekommen waren, um das Kind abzuholen.

Als ich das Ortseingangsschild passierte, war mir auf einmal klar, dass ich gleich am Montagmorgen Jost anrufen würde, um ihm sagen, dass er erst gar keinen Vertrag aufzusetzen brauchte. Ich wollte überhaupt nicht nach Berlin. Ich wollte hier sein, genau hier: Bei meiner Familie, der es hoffentlich gutging, in diesem westfälischen Dorf und nirgendwo sonst! Meine Schritte auf der Landstraße wurden schneller. Ich sah bereits „Haus Hilper", eine der beiden Gaststätten unseres Dorfes. Dort musste ich links einbiegen und war dann auch schon auf der Straße, in der wir wohnten.

Als ich die Straßenecke erreicht hatte, war es allerdings plötzlich vorbei mit der Stille. Ich hörte laute Stimmen, Gelächter, das Klackern von Bierflaschen und die dorftypische Party-Musik. Zudem duftete es intensiv nach Bratwurst vom Holzkohlengrill. Keine Frage, bei Ella und Jo wurde gefeiert. Komisch. Eigentlich waren wir immer dabei, wenn in der Nachbarschaft eine Party stieg. Ich konnte mich aber gar nicht erinnern, dass wir eingeladen worden waren... .

Dann entdeckte mich Ella. Sie stürmte schnellen Schritts an den grünen Maschendrahtzaun, der ihr riesiges Grundstück säumt, und wedelte wild mit Armen und Händen.

„Los, Adele, komm' rüber! Es gibt was zu feiern. Ganz spontan. Trink' was mit uns! Zu essen gibt' s auch. Sogar noch reichlich. Bring' den Koffer einfach mit. Den stellen wir solange im Haus ab!"

Jetzt entdeckte ich auch meinen Mann im Garten der Nachbarn. Er stand zusammen mit Hart neben einem weiß getünchten Brett aus Holz, das an einem der Kirschbäume lehnte. Beide winkten ebenfalls zu mir herüber. Als nächstes erkannte ich unsere Kinder. Sie tobten mit Matthes, dem Jüngsten von Ella und Jo, übermütig auf dem Platz vor dem Deelentor herum.

„Deine Mutter ist auch da!", rief Ella.

Natürlich war ich erleichtert, dass meine Familie sich hier aufhielt und ganz offensichtlich ebenso gesund wie munter war. Allerdings war ich auch ein kleines bisschen gekränkt, weil sie alle sich anscheinend so ausgelassen amüsierten, dass sie mich darüber glatt vergessen hatten. Dennoch freute ich mich über Ellas Einladung sehr: Ich war hungrig, durstig und außerdem auch neugierig, welchen Grund zum Feiern unsere Nachbarn diesmal wohl ausgegraben hatten.

Ich überquerte die Straße und ging durch das schmiedeeiserne Tor. Vor dem Haus saß meine Mutter mit Jos Mutter Liesel und einigen anderen Altenteilern des Dorfes. Auch die fortgeschrittenen Semester hatten offensichtlich ziemlich viel Spaß. Meine Mutter bemerkte mich noch nicht einmal richtig, weil sie gerade unter viel Beifall ihren beliebten Live-Act „Die Lorelei auf Sächsisch" zum Besten gab. Die Kinder riefen kurz „hallo, Mama", bevor sie weiter hinter Matthes herjagten. Johan empfing mich mit einem Kuss und kaum Schuldbewusstsein:

„Hab' total die Zeit vergessen, Adele. Tut mir leid. Kommt nicht wieder vor."

Dann drückte er mir ein randvoll mit Weißwein gefülltes Glas in die Hand. Er selbst sah aus, als ob er schon einige davon intus hatte.

„Hm", sagte ich. „Da vergisst du einfach, dass du deine Frau am Bahnhof abholen wolltest!"

„Ach komm'", mischte sich Ella ein und reichte mir einen Teller mit Kartoffelsalat und einem köstlich duftenden, gegrillten Würstchen. „Schimpf' nicht mit deinem guten Johan. Er ist so begabt, der Mann. Be-nei-dens-wert, alles was Recht ist... . Übrigens, falls du es noch nicht weißt: Wir feiern ihn heute Abend!"

„Ihr feiert wen? Johan?", fragte ich ungläubig. Während ich noch überlegte, warum an jenem Abend ausgerechnet mein Mann den Anlass dafür gegeben hatte, dass ungefähr das halbe Dorf sich versammelt hatte, klärte Ella mich schon auf: „Schau, ich brauchte doch dringend ein neues Schild für den Hofladen. Das alte war ja ziemlich uppe. Und dann hatte ich heute Nachmittag so ' ne Art Eingebung, was ich auf das neue Schild 'drauf schreiben will. Aber mit der Umsetzung klappte und klappte es nicht. Bis dass dein Mann mich sah, 'rüberkam und einfach mal losgelegt hat. Das Ergebnis kann sich sehen lassen. Ich muss schon sagen, Adele, künstlerisch hat Johan es so richtig drauf, da gibt' s mal nichts. Und dann fiel mir ein, dass heute ja auch noch Johannistag ist. Auf das alles muss man dann doch einfach einen trinken! Zumindest im engeren Kreis."

Ich sah auf die circa vierzig Personen, die sich alles in allem bei Ella und Jo auf dem Grundstück verteilten und bewunderte wieder einmal, wie die beiden innerhalb kürzester Zeit eine Feier organisieren konnten, für deren Vorbereitung ich mir vermutlich eine Woche frei genommen hätte.

„Na denn, Prost", sagte ich zu Ella.

Ella stieß mit mir an. Gleich darauf holte sie das weiße Brett aus Holz, das ich schon von der Straße aus gesehen hatte, und hielt es für mich hoch: „Voila! Morgen wird es aufgehängt: Das brandneue Schild für den Laden!"

Johan hatte mit der Schrift wirklich ganze Arbeit geleistet. Er hatte mit großen exakten Lettern in grün und rot auf dem weißen Hintergrund die Idee unserer Nachbarin umgesetzt: „Laden von Ella" stand da und darunter: „Landeier und andere Spezialitäten".

„Ja", sagte ich, „genau!"

Und ich fühlte mich in diesem Moment auf einmal wie einige Jahre zuvor, als ich Johan heiratete, obwohl viele und ich mir selbst auch gesagt hatten, wie wenig wir doch – jedenfalls auf den ersten Blick – zueinander passten.

***

*vgl. „Westfälische Provence und andere Geschichten"
„im Schott"= im Schuss, geschossen
„Altenteiler" - eigentlich Bauer und Bäuerinnen, die sich auf dem „Altenteil" befinden. Allgemeiner: Bezeichnung für Menschen im Ruhestand
„uppe" = auf (-gebraucht)